SURREALISM

超现实主义

SURREALISM

AMY DEMPSEY

〔美〕埃米·登普西————著　　　郭澍————译

北京联合出版公司
Beijing United Publishing Co.,Ltd.

目录

引言

　　超现实主义是 20 世纪最受欢迎、影响最广泛的艺术运动之一，其影响力涉及艺术的各个领域，遍布世界的每个角落。超现实主义滥觞于"咆哮的二十年代"，当时正值第一次世界大战刚刚结束，人们努力寻找战争和杀戮的原因，试图在战后开辟一条通往未来的道路，一条更光明的希望之路。法国诗人兼作家安德烈·布勒东是这场运动的发起人，他想要通过发掘潜意识的无限创造潜能，来彻底改变人们的思考方式。超现实主义运动认为，有意识的逻辑和理性思维是导致战争和奴役的罪魁祸首，因此该运动的目标便是将人性从逻辑和理性思维的桎梏中解放出来。

　　20 世纪二三十年代是超现实主义的全盛时期。这一时期是社会与政治空前自由的年代，也是政治极端主义抬头的年代。在法西斯主义盛行、经济动荡不安（尤以"大萧条"为代表）的时代背景下，人们对美的追求和对逃离现实的渴望不仅促发了 20 世纪 30 年代"新装饰主义"风格的流行，还让大众的目光转向了超现实主义。

　　本书将对"什么是超现实主义"以及促使其产生和发展的一些理念进行探讨。同时，还会介绍一些关键的超现实主义艺术家以及他们为推广超现实主义运动所做的贡献。当然，艺术家们在超现实主义运动中创作的优秀作品也会在本书中提及。除此之外，超现实主义艺术的创作手法、表现形式及所用材料等也都将在本书中一一述及。最后一章将着重介绍超现实主义作为一个有组织的运动的消亡及其给后世留下的文化遗产。

　　尽管超现实主义中那些理想化的艺术灵感无法全部实现，但这场集中了高度智慧、富有诗意且不同凡响的文艺运动仍给后世留下了宝贵的文化遗产，并在各个领域产生了深远影响。此外，"超现实主义"一词也在频繁的使用中成为"异乎寻常"和"富于想象"的代名词。

什么是超现实主义

—

我们不妨直言不讳：好即是美。

一切好的事物一定是美的，

事实上，只有好才能称其为美。

—

安德烈·布勒东

1924 年

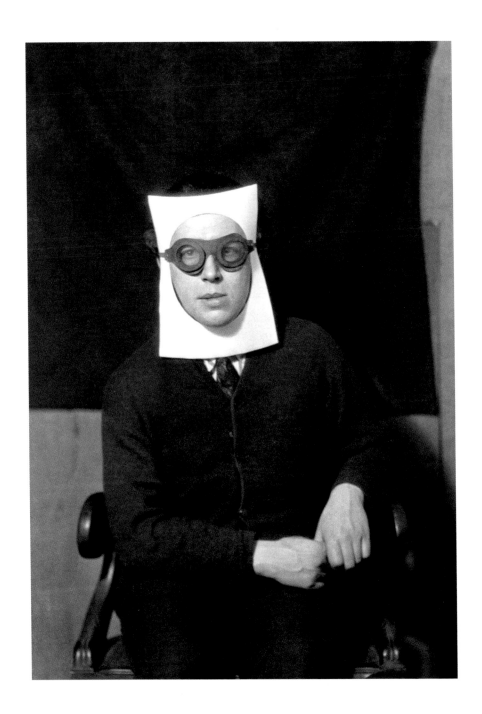

超现实主义，意为"超越现实主义"或"比现实更现实"。它是 1924 年由作家兼诗人安德烈·布勒东在法国发起的一场艺术运动。早在 1917 年，法国评论家纪尧姆·阿波利奈尔就使用了"超现实主义"一词，用它描述某种超越现实的事物，后来布勒东成功地借用它来描述对未来的憧憬。1924年，在他与法国诗人兼政治活动家路易斯·阿拉贡及菲利普·苏波合著的《超现实主义宣言》(*Manifesto of Surrealism*) 中，布勒东给"超现实主义"做了如下定义：

> 超现实主义，即精神的无意识行为，是一种通过口头、书面或其他任何形式进行思想表达的运作过程。它完全由思想决定，不受任何理性的约束，也不受限于任何审美或道德理念。

布勒东进一步阐释道：

> 我们的成就要仰赖于弗洛伊德的研究成果……想象力正在重申自我，正在恢复行使自身权利……在我看来，用不了多久，梦境和现实这两种看似矛盾的状态将达成和解，融合成一种绝对现实，或者称为"超现实"。这种超现实正是我苦苦追寻的，有生之年，如果能感受到它带来的一丝乐趣，我便死而无憾了。

布勒东的使命

布勒东试图通过超现实主义带来一场变革，他希望这场变革对后世的影响不亚于思想先驱们做的那些，这些先驱是奥地利的精神分析学家西格蒙德·弗洛伊德、俄国的革命家列夫·托洛茨基，以及 19 世纪的法国诗人阿尔蒂尔·兰波和孔泰·德·洛特雷阿蒙 (原名伊齐多尔·迪卡斯)。

曼·雷

《安德烈·布勒东》，1924 年，照片
蓬皮杜中心，巴黎

1921 年 7 月，美国摄影家曼·雷，他也是达达主义和超现实主义的代表人物之一，在巴黎遇见了安德烈·布勒东。"超现实主义之父"的这张肖像照正是曼·雷在超现实主义运动发起的那一年（1924 年）拍摄的。

拍摄者不详

《蒙马特集市上的超现实主义者们》，20世纪20年代中期
雅克·杜塞基金会的艺术与考古文献馆（Bibliothèque d'Art et d'Archéologie, Fondation Jacques Doucet），巴黎

该作品系超现实主义艺术家们的摆拍。照片中，骑自行车的是路易·阿拉贡，汽车上最右边的即是安德烈·布勒东。

布勒东对艺术家的定位是"富于远见卓识并敢于反抗世俗的人",这种观念与兰波、洛特雷阿蒙一脉相承。他呼吁人们打乱对已有秩序的感知,从而到达未知,寻得新事物,即"成为富有先见之明的自我",这一点承袭兰波。而洛特雷阿蒙出版于 1869 年的诗体小说《马尔多罗之歌》(*The Songs of Maldoror*)中的一句话,则成为超现实主义者的信条:"多么美好,恰似解剖台上,雨伞邂逅缝纫机。"

这一信条简明扼要地概括了超现实主义者的理念:"美"或"奇妙",可以在不经意间偶遇。除了他的文学追求,布勒东还研习了医学和精神病学,包括弗洛伊德的理论。第一次世界大战期间,他曾作为医护兵在弹震症病房服务,患者们充满想象力的呓语和涂鸦令他十分震惊。那时,他还是一名活跃的达达主义者。

达达主义是一种国际化的跨领域文化现象,它既是一场艺术运动,也是一种思维模式。它在"一战"期间发展起来并延续到战后,当时年轻的艺术家们联合起来发泄对战争的不满。他们认为要想拯救当前的世界,只能摧毁那些建立在理性和逻辑基础上的体制,用基于无政府状态的、原始和非理性的系统取而代之。他们运用讽刺、反语、游戏和双关等方式向现状发起挑战,或声势浩大,或玩世不恭。

—

如何让达达主义艺术散发出的戾气转化为积极的、

充满生机且富有诗意的能量呢?

—

"一战"后,布勒东不再满足于达达主义那种无政府的虚无状态,希望能为艺术找到一个更积极的、更有活力的角色。如果说达达主义代表了艺术中负面、消极的一面,那么布勒东和同伴们要解决的问题就是"从这种绝对的虚无出发,之后将去往何方"。如何让达达主义艺术散发出的戾气

曼·雷

《伊齐多尔·迪卡斯之谜》,1971年复制(原作摄于 1920 年),拼接材料有缝纫机、毯子、绳索和木质底座,41厘米×54.3厘米×22厘米

私人藏品,米兰

一台缝纫机被毯子包裹,之后用绳子捆绑起来,最后拍照。刻意的遮盖让人无法看出包裹中是何物,如其名一样,有一种神秘感。1924年12月,这幅摄影作品刊登在《超现实主义革命》杂志创刊号的首页。

转化为积极的、充满生机且富有诗意的能量呢？布勒东给出的答案是超现实主义，它既是达达主义的延续，又在其基础上取得了长足的发展。

超现实主义者追寻的是彻底转变人们的思考方式，旨在通过打破隔绝人们内心世界和外部世界之间联系的壁垒，改变人们看待现实的方式，使无意识得到解放，从而与意识达成一致。它存在的目的不是让人逃避现实，活在幻想中，而是建立一个更美好的、崭新的现实世界。因此，超现实主义者的使命是帮助人们克服内心的失望情绪，重新发现世界的美好。

布勒东称他的盟友美国艺术家曼·雷为"超现实主义先驱"和"真正的超现实主义者"，一语道出曼·雷在超现实主义概念还未真正形成时，即已表现出了与超现实主义理念不谋而合的想法。曼·雷不仅在绘画、雕塑、物品、电影、

次页图
乔治·德·基里科

《预言者的报酬》（The Soothsayer's Recompense），1913 年，布面油画，136 厘米×180 厘米
费城艺术博物馆，费城

神秘阴郁的古典雕像，斜斜长长的影子，远远驶过的火车和荒无人烟的城市广场，这些都是基里科作中频繁出现的元素。这些元素汇集在一起，除了让人觉得孤寂，还营造出一种令人不安的神秘氛围。

15

摄影和诗歌等领域表现得游刃有余，在欧美的商业和艺术界也应对自如，极大地促进了这一运动的普及。正如他自己所言："我的作品的设计初衷就是让人在开心、愤怒和迷惑之后，重新开始思考。"

影响超现实主义的思想

达达因其创作技法和突破界限的决心，成为超现实主义的伟大榜样。超现实主义还受到意大利形而上学画家乔治·德·基里科的影响，其梦幻般的画作对超现实主义的启发同样不容小觑。在布勒东和法国超现实主义者兼诗人保尔·艾吕雅共同编纂的《超现实主义简明词典》（*Abridged Dictionary of Surrealism*，1938 年）中，德·基里科被誉为"前超现实主义者"（pre-Surrealist）。形而上学画派的画家们普遍认同绘画是一种预言形式，画家则是预言诗人，他们在"清醒"的时刻能够揭开事物的表象，揭示隐藏在表象下的"真实的现实"。他们沉迷于日常生活中的奇妙事物，致力于营造一种氛围，从平凡中捕捉不凡。浪漫主义与象征主义的作家和艺术家也同样被认为是超现实主义的鼻祖，尽管超现实主义者认为美不仅存在于想象之中，还存在于街头巷尾的偶遇中。超现实主义者还欣赏他们在所谓的"原始文化"的部落手工艺中看到的能量和直率，特别是北美洲和大洋洲的原始部落文化，以及来自孩童、预言者、灵媒和未受过训练的艺术家的非凡想象力，甚至包括精神失常者。这些未受过训练的艺术家因他们的真诚和毅力而备受赞赏，他们向人们展现了一种诱人的艺术家模式，即被迫创作的人，艺术创作是必要的，而非选择的概念。

对超现实主义者的思想产生最重要影响的当属西格蒙德·弗洛伊德，他认为对梦的解析可以帮助人们理解自己的潜意识并释放压抑的记忆和欲望，从而治愈精神疾病。弗洛

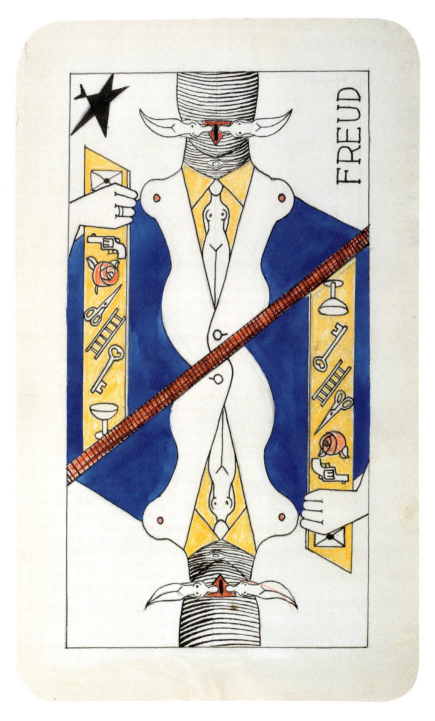

伊德探索潜意识和梦境是为了治疗精神疾病，超现实主义者则不同，他们无比重视弗洛伊德的潜意识概念，将其视作想象力诞生的摇篮。对于弗洛伊德的治疗方法，他们认为那是一种可以随意获取内心深处隐藏图像的途径。他们尤其对弗洛伊德关于"阉割焦虑""恋物癖"和"怪怖者"的观点感兴趣，以及他们如何在梦中象征性地表现自己。

—

除了这种阴暗的、令人不适的紧张感之外，
还有对游戏和实验的强调。

—

多数超现实主义作品强调的是一些令人不安的驱动意识，比如恐惧、欲望、扭曲的爱、暴力、死亡和色情。而除了这种阴暗的、令人不适的紧张感之外，还有对游戏和实验的强调，对成人行为和儿童行为不同的想法的突破，对合作的拥抱以及对荒诞的赞赏。画面中经常存在吸引和排斥的组合。

布勒东的憧憬

布勒东坚信将梦境和现实联系起来，人类就可以驾驭潜意识的力量。但是人要如何阻断意识的控制，到达潜意识呢？早期人们曾尝试借助毒品、通灵和催眠来达到无意识状态，然而不久后这些方法就被摒弃了，因为不论是从身体层面还是精神层面，这些方法都太过危险。超现实主义者转而借助弗洛伊德的梦境分析理论，因为它能很好地揭示潜藏在潜意识中的画面，通过它可以获得意想不到的意识流的自由碰撞。弗洛伊德在1919年曾撰文详细阐述了"怪怖者"理论。该理论假定，当人在经历某些诡异的、熟悉的事情时，这种熟悉感会显得十分陌生（因为它是被压抑的），并且会给亲历者带来一种不安或恐惧的感受。文章中还写道："在梦境、

马克斯·恩斯特

《失明的泳者》，1934年，布面油画和石墨画，92.3厘米×73.5厘米
现代艺术博物馆（MoMA），纽约

恩斯特，这个被布勒东誉为"拥有最波澜壮阔想象力的人"，是一位极富创造力、极多产的超现实主义艺术家。恩斯特曾说："我坚信最美好的事就是闭上一只眼窥视内心，这就是所谓的内心之眼。另一只眼则用来直视你周围的现实世界，注视所发生的一切。"

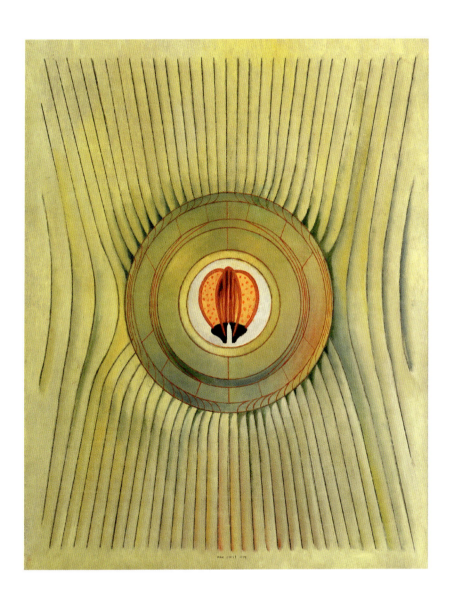

幻觉和神话中对'失明'的恐惧常常足以取代对被阉割的恐惧。"实际上，弗洛伊德的"恋物癖"观点则是一种对性反常的抗拒，拒绝用非自然的东西代替自然的东西。

超现实主义者通过不同途径将这些想法呈现出来：化熟悉为不熟悉的尝试、自动写作和绘画的实验、对偶然和奇异组合的运用、吞噬女性的概念，以及打破性别、物种乃至幻想与现实的界限。对于这些作品的解读不应只停留在视网膜层面，它强调幻觉的有形性，因为眼睛作为身体的一部分，受到恐惧、欲望和性欲等驱动力的支配。

—

这幅画乍看像是溪流里有一只眼睛，同时又像是女性的性器官。

—

这些观点和技法在超现实主义的关键人物之一德国艺术家马克斯·恩斯特的作品中可见一斑。他最抽象的代表作之一《失明的泳者》（The Blind Swimmer，参阅第 21 页）中展现了一种如梦似幻般的特质，很容易让人联想到兰波和弗洛伊德的"怪怖者"概念。这幅画上画的到底是什么？就像梦一样，对它可以有各种不同的解读。正如它的名字——失明

约翰·特尼尔爵士

刘易斯·卡罗尔的《爱丽丝梦游仙境》（1856年）插图，[摘自《保姆爱丽丝》（The Nursery Alice, 1890 年 ）]
大英图书馆，伦敦

卡罗尔被认为是超现实主义的赞助人之一，而英国超现实主义者则被称为"爱丽丝的孩子"。

埃莱娜·史密斯

《火星乡景》（Martian Landscape），约 1900 年，纸面水粉画，21.1 厘米×25.6 厘米
日内瓦图书馆，日内瓦

此画为史密斯的代表作，根据她在精神恍惚时看到的景象所作。她的另一幅描述火星生命的作品《超火星人内部结构》（Interieur ultramartien，1899年），经过修改后刊登在 1929 年的比利时超现实主义刊物《变体》上。

THE NURSERY "ALICE."

的泳者——本身就透露着一股令人不安的气息，让人唤起梦魇般的无助感。这幅画乍看像是溪流里有一只眼睛，同时又像是女性的性器官。如此解读画作的名字，很容易让人联想到精子奋力游向卵子的画面。再换个角度解读，这幅画有可能表现的是男性的性器官。又或许它仅仅是一只眼睛，瞳孔里映出了所见之物的影子：一只昆虫、一朵花，或者是象征阉割威胁的外阴。

这种标题和画面之间模棱两可的游戏，以及对视觉和文字双关的热衷，都是超现实主义作品的显著特征。恩斯特在发表于 1936 年的文章中再次强调这幅画中生殖、萌芽、失明及阉割的主题："失明的泳者是我迫使自己看到的。所见之物令我震惊不已，我完全沉醉其中，并且希望通过它来认清自己。"这种通过将男性与女性元素结合在同一实体中，从而混淆两性差异的技法在超现实主义意象中极为常见。

布勒东的梦想

布勒东发起的超现实主义运动虽然萌芽于达达主义，但与达达主义那种混乱和自发性的特质截然相反，超现实主义运动有着严密的理论依据，并高度组织化。因此，可以说布勒东在艺术批评界掀起了一场彻底的革命。从那以后，布勒东不再只是一名文艺批评家，他将作为这场先锋运动的魅力领袖为大众所熟知。1924 年，布勒东发表了《超现实主义宣言》。同年，法国诗人安托南·阿尔托建立了超现实主义研究所，收集和讨论超现实主义范例。此外，刊载超现实主义研究成果的专刊《超现实主义革命》也于同年创刊，并在首刊上发出了"新人权宣言"的召唤。

——

随着时间的推移，一系列人物被供奉在超现实主义的神坛。

——

布勒东对超现实主义投入了全部的精力。他倡导一种兼容并包的、国际化的模式，在此模式下，超现实主义代表了一种氛围，不论是过去还是现在，在这个团体中的每个个体都拥有一致的目标。随着时间的推移，一系列人物被供奉在超现实主义的神坛，或者被认为得到了超现实主义的真传。埃莱娜·史密斯（Hélene Smith）便是其中之一，也是19世纪末瑞士著名的灵媒，她可以在幻觉的驱使下自动书写作画，创作出了画作《火星生命》（*Life on Mars*）。史密斯在超现实主义者中极受推崇，其中以布勒东尤甚，他在1928年的小说《娜迦》（*Nadja*）中以史密斯为原型创作了其中的主人公。此外，布勒东还将史密斯作为词条收录到《超现实主义简明词典》中。

19世纪还有一位重要人物就是英国作家刘易斯·卡罗尔，他对梦、疯狂和无意识思维的兴趣以及创造一个全新的现实世界的欲望，与超现实主义者对出人意料想法的欣赏不谋而合。卡罗尔与其笔下的虚构物种"蛇鲨"均作为单独词条收录在《超现实主义简明词典》中，"蛇鲨"这一角色出自卡罗尔的胡话诗集《蛇鲨之猎》（*The Hunting of the Snark*，1876年）。

其他超现实主义的重要人物包括意大利文艺复兴时期的艺术家朱塞佩·阿尔钦博托和荷兰中世纪艺术家耶罗尼米斯·博斯，他们被誉为"超现实主义的鼻祖"，他们的作品经常出现在超现实主义的谱系研究、出版物及展览中。这两位艺术家的作品在他们离世后鲜有人问津，直至受到超现实主义者的推崇，他们那奇异诡谲且富于想象力的作品才得以重焕生机。

—

当布勒东见到杜尚时，便认定"他就是一切现代运动的源泉"。

—

还有一些艺术家也受到了超现实主义者的青睐，包括美国电影制片人巴斯特·基顿和法国邮递员舍瓦尔。舍瓦尔搭建了一个精彩绝伦的装置作品《理想中的宫殿》（*Cheval's Le Palais Idéal*），包括转台、洞穴、回廊、石窟、瀑布和装饰精美的旋梯等，创作时间跨度长达33年。该作品受到艺术家

朱塞佩·阿尔钦博托

《夏日》，1572年，画板油画，67厘米×50.8厘米
艺术史博物馆，维也纳

阿尔钦博托巧妙地用水果、蔬菜、树木、鱼和面包这些元素拼成人像，充满奇思妙想，吸引着超现实主义者们。

耶罗尼米斯·博斯

《树人》，约1505年，棕色墨水钢笔画，
27.7厘米×21.1厘米
阿尔贝蒂娜博物馆（Albertina
Museum），维也纳

博斯狂热的预言梦幻景象充
满了奇异的混合物种，备受
超现实主义者的推崇。

们的大力推崇，成为 20 世纪 30 年代超现实主义者的朝圣地。1931 年，布勒东参观了《理想中的宫殿》之后，便尊奉它为超现实主义建筑艺术的先驱代表作。1932 年，布勒东写了一首诗赞美舍瓦尔，之后还将他作为词条收录到《超现实主义简明词典》中。

贯穿超现实主义发展历程的另一个重要角色是法国达达派艺术家马塞尔·杜尚，杜尚对布勒东来说具有多重身份，他既是灵感源泉、同辈艺术家，又是展览设计师和馆长。当 1921 年布勒东在巴黎见到杜尚时，便认定"他就是一切现代运动的源泉"。

在下一章里，我们将会介绍到布勒东倾尽毕生心血，不遗余力地推广超现实主义的艺术家。1966 年，布勒东去世，生前他已经把超现实主义打造成 20 世纪最流行的运动之一。

巴斯特·基顿

《摄影师》（*The Cameraman*），1928 年，电影剧照

基顿是一位极具天赋的美国演员兼导演，以不动声色的表达和默片时代开创性的荒诞喜剧著称，如《稻草人》（1920 年）、《小比尔号汽船》（1928 年）和《摄影师》（1928 年）。超现实主义者认为基顿与他们在精神上是同宗的。

超现实主义运动早期的关键人物

安德烈·布勒东（1896—1966 年），法国

路易·阿拉贡（1897—1982 年），法国

菲利普·苏波（1897—1990 年），法国

西格蒙德·弗洛伊德（1856—1939 年），奥地利

列夫·托洛茨基（1879—1940 年），俄国

孔泰·德·洛特雷阿蒙（又名伊齐多尔·迪卡斯，1846—1880 年），法国

阿尔蒂尔·兰波（1854—1891 年），法国

埃莱娜·史密斯（原名凯瑟琳 - 爱丽丝·穆勒，1861—1929 年），瑞士

乔治·德·基里科（1888—1978 年），意大利

马塞尔·杜尚（1887—1968 年），法国—美国

刘易斯·卡罗尔（原名查尔斯·路德维希·道奇森，1832—1898 年），英国

邮递员舍瓦尔（原名费尔迪南·舍瓦尔，1836—1924 年），法国

朱塞佩·阿尔钦博托（1526—1593 年），意大利

耶罗尼米斯·博斯（1450—1516 年），荷兰

巴斯特·基顿（原名约瑟夫·弗兰克·基顿，1895—1966 年），美国

重要思想

弗洛伊德的"怪怖者"概念

弗洛伊德的"恋物癖"理论

对奇妙事物的欣赏

梦的解析

自动主义

游戏

邮递员舍瓦尔

《理想中的宫殿》，1879—1912 年
奥特里韦，法国

邮递员舍瓦尔在送信的途中，收集了各种奇形怪状的石头、化石和贝壳。在夜里，他借用照明灯装饰这件巨大的作品，给它抹上水泥和石灰混凝土，把捡到的这些"宝贝"都镶上去。尽管当时他饱受邻居们的嘲笑（他们都认为舍瓦尔是个"老傻瓜"，但不具危害性，而且他的疯劲儿也不会传染），但现在舍瓦尔的这个装置成为知名的观光景点。

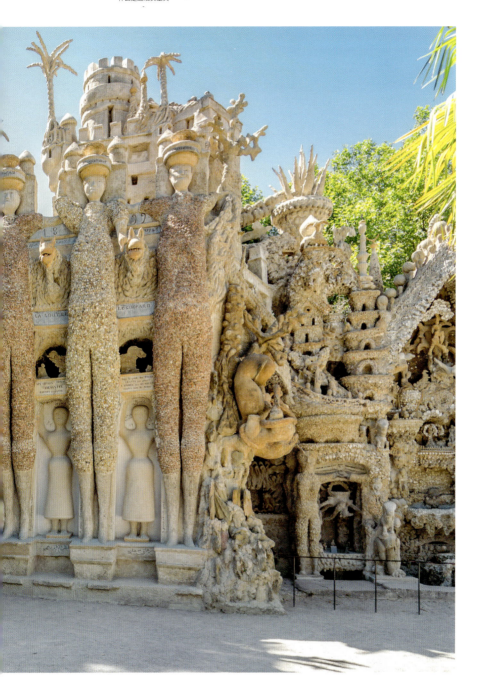

超现实主义艺术家

—

超现实主义不属于任何国家，

它属于全人类。

—

英国超现实主义团体

1936 年

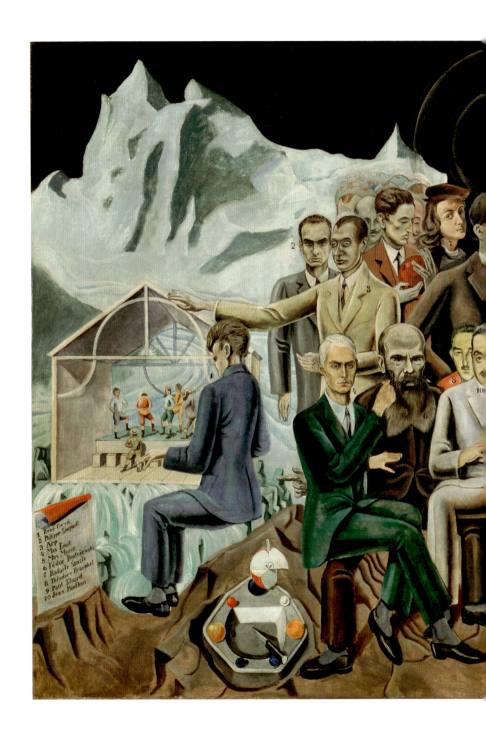

1 René Crevel
2 Philippe Soupault
3 Arp
4 Max Ernst
5 Fédor Dostoïewski
6 Rafaele Sanzio
7 Théodore Fraenkel
8 Paul Eluard
9 Jean Paulhan
10 Jean Paulhan

超现实主义运动吸引了大批艺术家。最初超现实主义的很多艺术家都来自达达派，比如德国的马克斯·恩斯特、美国的曼·雷，还有法德双重国籍的让·阿尔普（又名汉斯·阿尔普）。紧随其后加入超现实主义流派的有法国的安托南·阿尔托、安德烈·马松、伊夫·唐吉、皮埃尔·罗伊，以及西班牙的霍安·米罗。在20世纪二三十年代，新成员不断加入，包括罗马尼亚的特里斯坦·查拉和维克多·布劳纳，奥地利的沃尔夫冈·帕伦，西班牙的萨尔瓦多·达利、路易斯·布努埃尔和奥斯卡·多明格斯，瑞士的阿尔贝托·贾科梅蒂，智利的罗伯托·马塔，古巴的维夫里多·拉姆以及德国的汉斯·贝尔默和理查德·厄尔策。此外，还有一些艺术家在超现实主义的边缘徘徊，如比利时的勒内·马格里特。更有一些艺术家被冠以"超现实主义者"之名，不管他们自己是否愿意，这些人包括意大利的乔治·德·基里科、西班牙的巴勃罗·毕加索、俄国的马克·夏加尔、瑞士的保罗·克利，以及法国的马塞尔·杜尚和弗朗西斯·毕卡比亚。

—

毕加索开玩笑地说："既然毛皮能包手镯，
那包点别的什么东西也未尝不可。"

—

尽管很多超现实主义的理念和作品中都或多或少有厌女情结，但仍不乏女性超现实主义者，其中广为人知的有阿根廷的莱昂诺尔·菲尼，英国的莉奥诺拉·卡灵顿和艾琳·阿加，法国的瓦伦丁·雨果、雅克利娜·兰巴·布勒东、多拉·马尔和克劳德·卡恩，美国的多罗西娅·坦宁、凯·塞奇和李·米勒，西班牙的雷梅迪奥斯·瓦罗，捷克斯洛伐克的托杨以及瑞士的梅雷特·奥本海姆。

奥本海姆于1932年加入超现实主义的阵营。1936年，当时22岁的奥本海姆向居住在巴黎的意大利时尚设计师艾

前页图
马克斯·恩斯特

《友人聚会》（*Au rendez-vous des amis*），1922年，布面油画，130厘米×193厘米
路德维希博物馆，科隆

安德烈·布勒东（13号，身披红披肩）被称为"超现实主义之父"，他正在为方兴未艾的超现实主义运动的诗人和艺术家们"赐福"。此时，他们聚集在奇异的山区场景中。前排左起分别是：勒内·克勒韦尔、马克斯·恩斯特（4号，坐在陀思妥耶夫斯基膝头）、西奥多·弗兰克尔、让·波扬、本杰明·佩雷、约翰内斯·西奥多·巴格尔德和罗伯特·德斯诺；后排分别是：菲利普·苏波、汉斯·阿尔普、马克斯·莫里斯、拉斐尔·圣齐奥、保尔·艾吕雅、路易·阿拉贡（一顶桂冠束在腰间）、安德烈·布勒东、乔治·德·基里科和加拉·艾吕雅。

梅雷特·奥本海姆

《物体》（又被称为《毛皮上的午餐》），1936年
杯子直径10.9厘米；盘子直径23.7厘米；勺子长20.2厘米；作品总高7.3厘米
现代艺术博物馆，纽约

如今，奥本海姆用毛皮包裹杯子、盘子和勺子的组合已成为超现实主义最为人熟知的作品之一。它于1946年被纽约现代艺术博物馆购入，这也是该博物馆第一次永久性收藏女性艺术家的作品。

尔莎·斯基亚帕雷利贡献了一条创意：用毛皮包裹手镯。该创意被斯基亚帕雷利运用到自己的冬季作品集中。那天，奥本海姆与毕加索、多拉·马尔在巴黎的花神咖啡馆共进午餐时，戴了这个"穿着"毛皮的手镯。毕加索开玩笑地说："既然毛皮能包手镯，那包点别的什么东西也未尝不可。"听到这话，奥本海姆当即答道："那这个杯子和碟子也可以。服务员，拿些毛皮来！"随后，奥本海姆冲出去买了一个杯子、一个碟子和一把勺子，并用棕褐色的毛皮把它们包起来，还将这件组合作品命名为《物体》（Object）。

午餐桌上无意的玩笑竟启发了后来超现实主义最著名的艺术作品之一的诞生。1936年5月，该作品在巴黎的夏尔·拉东画廊举办的"超现实主义物品展"上首次亮相，引起了巨大反响。在随后的巡回展中，它在伦敦的"国际超现实主义展"和纽约现代艺术博物馆举办的"奇妙的艺术：达达和超现实主义展"（Fantastic Art, Dada, Surrealism）中一鸣惊人，让观众们惊叹不已。毛皮和茶杯这两种毫不相关的物品组合在一起，不难想象用它喝水时嘴里会产生的那种可怕诡异感。这种感觉成功俘获了观众们的想象力，也使奥本海姆声名大振。

布勒东大力推广超现实主义理念以及他所赞赏的艺术家们，各种宣言、杂志、书籍、讲座、展览和艺术节都是他的宣传阵地。1925 年，超现实主义组织第一次以团体名义在巴黎的皮埃尔画廊举办了"超现实主义画展"（Exposition, la peinture surréaliste），展出了阿尔普、恩斯特、德·基里科、马松、米罗、毕加索、曼·雷及罗伊等一系列超现实主义艺术家的作品。同年，布勒东和保尔·艾吕雅一同去往布鲁塞尔，与比利时的先锋派艺术家们取得了联系。

—

马格里特通过各种创作手法，将日常生活中的物体转化为神秘的图景。

—

第二年（1926 年），一个独立的超现实主义艺术团体在布鲁塞尔诞生。其成员保罗·德尔沃和勒内·马格里特因在作品中将现实画面和魔幻元素相融合，又被称为魔幻现实主义艺术家。与超现实主义艺术家一样，他们也运用自由联想在日常事物中创造一种奇妙的感觉。唯一不同的是，他们摈弃了弗洛伊德的梦境和自动化等理念。德尔沃的画作最典型的特征是各种奇怪场景中的裸女，她们看起来精神恍惚，无不透露着如梦似幻或如临仙境般的气息，从而激起观赏者的窥视欲，令其产生一种被特许接近的感觉。（参阅第 40—41 页）

作为最著名的魔幻现实主义者，马格里特以其不遗余力地在作品中运用充满现实主义意味的"司空见惯之物中的幻想"著称。他的画作针对表象真实性提出质疑，把真实空间和虚构空间设置为对立面，挑战"绘画作为世界之窗"的观

"1929 年的超现实主义"（Le Surréalisme en 1929）

《变体》杂志专刊，1929 年 6 月

这期专刊深入研究了 1929 年超现实主义的限制。封面图里的物体就是著名的"神龛"，人们普遍认为它是伊夫·唐吉从跳蚤市场淘来的。此后，在 1938 年的《超现实主义简明词典》中，该物品作为"偶得的天然艺术品"的典型代表再次出现。

Numéro hors série
et hors abonnement

Juin 1929.
Prix du numéro : Fr. 10.—.

variétés

REVUE MENSUELLE ILLUSTREE DE L'ESPRIT CONTEMPORAIN
DIRECTEUR : P.-G. VAN HECKE

Le Surréalisme en 1929

EDITIONS «VARIÉTÉS» - BRUXELLES

保罗·德尔沃

《通往城市的小径》（*The Path to the City*），1939年，布面油画，110.5厘米×129.5厘米
耶鲁大学艺术画廊，纽黑文

德尔沃的画作以充满裸体的梦游者著称。他后来回忆说："对我来说，超现实主义即代表自由，而自由对我来说尤其重要。某一天，我突然拥有了打破理性逻辑界限的能力。"

Pourquoi la Révolution Surréaliste avait cessé de paraître

SECOND MANIFESTE DU SURRÉALISME

En dépit des démarches particulières à chacun de ceux qui s'en sont réclamés ou s'en réclament, on finira bien par accorder que le surréalisme ne tendit à rien tant qu'à provoquer, au point de vue intellectuel et moral, une crise de conscience de l'espèce la plus générale et la plus grave et que l'obtention ou la non-obtention de ce résultat peut seul décider de sa réussite ou de son échec historique.

Au point de vue intellectuel il s'agissait, il s'agit encore d'éprouver par tous les moyens et de faire reconnaître à tout prix le caractère factice des vieilles antinomies destinées hypocritement à prévenir toute agitation insolite de la part de l'homme, ne serait-ce qu'en lui donnant une idée indigente de ses moyens, qu'en le défiant d'échapper dans une mesure valable à la contrainte universelle. L'épouvantail de la mort, les cafés-chantants de l'au-delà, le naufrage de la plus belle raison dans le sommeil, l'écrasant rideau de l'avenir, les tours de Babel, les miroirs d'inconsistance, l'infranchissable mur d'argent éclaboussé de cervelle, ces images trop saisissantes de la catastrophe humaine ne sont peut-être que des images. Tout porte à croire qu'il existe un certain point de l'esprit d'où la vie et la mort, le réel et l'imaginaire, le passé et le futur,

le communicable et l'incommunicable, le haut et le bas cessent d'être perçus contradictoirement. Or, c'est en vain qu'on chercherait à l'activité surréaliste un autre mobile que l'espoir de détermination de ce point. On voit assez par là combien il serait absurde de lui prêter un sens uniquement destructeur, ou constructeur : le point dont il est question est a fortiori celui où la construction et la destruction cessent de pouvoir être brandies l'une contre l'autre. Il est clair, aussi, que le surréalisme n'est pas intéressé à tenir grand compte de ce qui se produit à côté de lui sous prétexte d'art, voire d'anti-art, de philosophie ou d'anti-philosophie, en un mot de tout ce qui n'a pas pour fin l'anéantissement de l'être en un brillant, intérieur et aveugle, qui ne soit pas plus l'âme de la glace que celle du feu. Que pourraient bien attendre de l'expérience surréaliste ceux qui gardent quelque souci de la place qu'ils occuperont dans le monde? En ce lieu mental d'où l'on ne peut plus entreprendre que pour soi-même une périlleuse mais, pensons-nous, une suprême reconnaissance, il n'est guère d'être question non plus d'attacher la moindre importance aux pas de ceux qui arrivent ou aux pas de ceux qui sortent, ces pas se produisant dans

安德烈·布勒东

《超现实主义的第二次宣言》，刊载在《超现实主义革命》杂志的第 12 期的第 1—17 页（发行于 1929 年 12 月 15 日），巴黎

安德烈·布勒东在《超现实主义的第二次宣言》中写道："我想再次强调，社会行为的问题只是超现实主义致力解决诸多普遍问题中的一种形式，而普遍问题指的是人类表达的所有形式。"

念。他通过各种创作手法——不协调的搭配、画中画、将色情寓于平凡之物、对比例和视角的瓦解——将日常生活中的物体转化为神秘的图景。比利时其他杰出的超现实主义者包括摄影师保罗·努基和拉乌尔·乌巴克，以及开画廊的艺术家 E.L.T. 梅森斯。

1926 年，超现实主义画廊在巴黎开办，展出了曼·雷以及其他超现实主义艺术家珍藏的海量作品。1928 年，布勒东出版了《超现实主义和绘画》（*Surrealism and Painting*），并选用毕加索的画作为该书的插图。1929 年 6 月，比利时杂志《变体》发表了一期关注超现实主义现状的特刊。封面上是一幅物品的图片，里面包括弗洛伊德的一篇关于幽默的

文章，以及巴黎和比利时的超现实主义者们的诗作和文章，还有装置艺术"精致的尸体"的插图。除此之外，里面还有阿尔普、恩斯特、唐吉、曼·雷，以及比利时的梅森斯、努基和马格里特等超现实主义者的作品。布勒东在1929年12月发行的《超现实主义革命》的杂志上发表了《超现实主义的第二次宣言》（*Second Manifeste du surréalisme*），由此为20世纪20年代画上了句号。文章包括一项关于爱的调查，以一个问句开篇："你对爱寄予了怎样的希望？"

马格里特答道："我对爱寄予的全部希望只能通过一个女人才能实现。"同时，旁边还配了拼贴照片——《我不去看隐藏在森林中的女人》（*I Do Not See the Woman Hidden in the*

勒内·马格里特

《我不去看隐藏在森林中的女人》，拼贴照片，刊载在《超现实主义革命》（发行于1929年12月15日）杂志的第12期的第73页，巴黎

从上至下，第一行：布勒东居中，左为阿拉贡，右为布努埃尔；第二行：左为达利，右为艾吕雅；第三行：左为恩斯特；第四行：右为马格里特；最后一行：左为努基，中为唐吉。

Forest），这是一幅用蒙太奇形式拼接而成的图片，拼接素材取自他于 1929 年画的另一幅裸女作品《隐藏的女人》（*The Hidden Woman*）。图片中，16 位男性超现实主义者闭着眼睛的肖像环绕在裸女四周。（参阅第 43 页）1925 年，自动照相亭在纽约获得专利。这台机器一经问世，大获成功。1928 年，巴黎安装了第一台自动照相亭。布勒东及其超现实主义同伴们非常喜爱这些机器拍出来的肖像照。

这幅作品塑造了一个强有力的女性形象，她处于超现实主义的中心地位，其间扮演着复杂的角色，同时也描绘出梦境和无意识的重要性。此外，它还巧妙地凸显出布勒东领导的巴黎超现实主义派，与新成立的以马格里特为代表的布鲁塞尔超现实主义派之间的紧密联系。

超现实主义于 1929 年被引入斯堪的纳维亚半岛，其中，丹麦艺术家威廉·比耶克·彼得森和威廉·弗雷迪率先将超现实主义运动引入丹麦，瑞典的超现实主义先锋团体是哈尔

威廉·弗雷迪

《圣安东尼的诱惑》（*The Temptations of St Anthony*），1939 年，布面油画，87.5 厘米 × 88 厘米
蓬皮杜中心，巴黎

在弗雷迪的这幅画中，现代版的圣安东尼拼尽全力试图抗拒肉体的诱惑，而那仿若恶魔般的肉体一直在他面前的梳妆台上飘来荡去。

姆斯塔德派（Halmstad Group）。弗雷迪是丹麦最著名的超现实主义者，他通过《超现实主义革命》了解到超现实主义运动，并于1935年与比耶克·彼得森在哥本哈根举办了"立体主义－超现实主义"（Kubisme - Surrealisme）的展览。此后，他们又参加了1936年（伦敦）和1947年（巴黎）的国际超现实主义艺术展。弗雷迪声称："超现实主义不是一种风格，也不是一种哲学流派。它是一种永恒的思想状态。"他对20世纪30年代毫不妥协的内心世界，都通过他对情欲的着迷和对战争威胁与日俱增的担忧展现出来。1937年，他在哥本哈根被监禁了10天，因在其举办的展览"从蝴蝶的眼睛里拔出叉子——超现实的性"（Pull the Fork out of the Eye of the Butterfly. Sex Surreal）上展出的艺术作品被视为淫秽物。20世纪三四十年代，丹麦还有其他一些超现实主义者，如亨利·埃吕普、丽塔 - 克恩·拉森和艾尔莎·托雷森。

　　哈尔姆斯塔德是瑞典的一个海滨小镇，孕育出阿克塞尔·奥尔森、埃里克·奥尔森兄弟及他们的表哥瓦尔德马·洛

斯特兰·默纳

《心之梦境》（*Dreamland with Hearts*），1939年，布面油画，73厘米×81厘米
哈尔姆斯塔德市

20世纪30年代末，默纳画了一系列与这幅画类似的作品，灵感皆来自他在故乡的童年记忆。

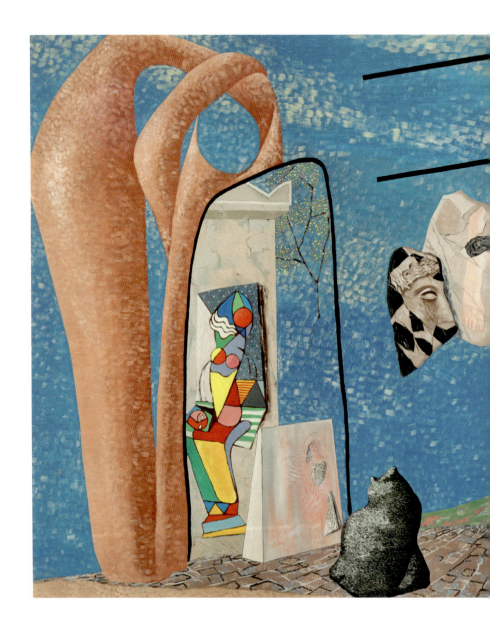

金德里奇·斯蒂尔斯基

《选自我的日记》（*From My Diary*），1933 年，布面油画，135厘米×205厘米
捷克国家美术馆的交易会宫，布拉格

对于斯蒂尔斯基来说，睡梦是一只蜜蜂，四处采花酿蜜，供回忆来品尝……我们没有回忆，但我们在努力构建回忆。

伦松，还有他们的好友斯文·琼森、斯特兰·默纳和埃萨亚斯·托伦六位艺术家，他们联合起来抗议瑞典对现代艺术的排斥。到 20 世纪 30 年代中期时，他们已经发展成一个非常成熟的超现实主义艺术团体，可与欧洲其他的超现实主义艺术团体比肩。他们的作品以独特的北欧色彩和当地风光著称。哈尔姆斯塔德派参加了 1935 年哥本哈根举办的"立体主义－超现实主义"艺术展，以及 1936 年（伦敦）和 1938 年（巴黎）的国际超现实主义艺术展。1979 年，默纳去世，哈尔姆斯塔德派最终宣告解散。

超现实主义的传播

20 世纪 30 年代，超现实主义通过在布鲁塞尔、哥本哈根、伦敦、纽约和巴黎举办的一系列大型展览登上了国际舞台，并迅速成为一种世界性的流行现象，英国、捷克斯洛伐克、比利时、埃及、丹麦、日本、荷兰、罗马尼亚和匈牙利等国都成立了自己的超现实主义团体。布勒东在许多展览中都是一个重要的存在，他不仅提供了无私的援助，还为团体发展了新成员。

1931 年，第一场大规模的超现实主义展览在美国康涅狄格州的哈特福德的沃兹沃斯艺术博物馆举办。1934 年，比利时超现实主义艺术家梅森斯和努基在布鲁塞尔组织了第一场国际超现实主义展览"米诺陶"（Minotaure）。展览期间，布勒东举办了讲座。1934 年，捷克斯洛伐克的布拉格成立了一个超现实主义团体。布勒东于 1935 年访问了这个团体，并在该团体举办的首次"国际超现实主义博览会"（Exposition internationale du surrealisme）上发表了讲演，向成员们表达了他的敬意，成员包括卡雷尔·泰奇、托杨及金德里奇·斯蒂尔斯基。布勒东说他与斯蒂尔斯基的会面是他"一生中最美好的回忆"。

一

切尔明诺娃成了中性的托杨，这一举动极富象征意义，

它标志着托杨抛弃了"紧身束衣"，抛弃了加诸女性身上的束缚。

一

先锋派艺术家斯蒂尔斯基和托杨自 20 世纪 20 年代首次会面后，便开启了亲密的合作关系，直至 1942 年斯蒂尔斯基去世。他们相互支持，互相激励，并于 1934 年共同成立了捷克斯洛伐克的超现实主义团体。斯蒂尔斯基拥有画家、诗人、摄影师、舞台设计师及图像艺术家等多重身份。由于深受弗洛伊德精神分析理论的影响，他坚持将梦记录下来，成为日后绘画、诗歌和拼贴画（参阅第 46—47 页）创作的灵感源泉。斯蒂尔斯基与托杨、布勒东及其他巴黎超现实主义者之间往来密切，他在 20 世纪三四十年代期间参加了许多场国际超现实主义艺术展。

托杨的作品《荒凉的洞穴》（*Deserted Den*）极富美感，令人难忘，发人深思，它表现了她本人对性别刻板印象的否定。托杨的原名是玛丽·切尔明诺娃（Marie Čermínová），为了摆脱名字中的性别特性（捷克语中，名字的结尾可以体现出性别），她给自己取了一个淡化了性别意味的假名，因此切尔明诺娃就成了中性的托杨 [Toyen，取自于法语的"citoyen"（公民）一词]。这一举动极富象征意义，它标志着托杨抛弃了"紧身束衣"，抛弃了加诸女性身上的束缚。因此，她现在以"艺术家"的身份为人们所熟知，而非"女性艺术家"。托杨对弗洛伊德的学说也极感兴趣，比如心不在焉的人物、幽灵般的鬼影、支离破碎的墙壁、动物以及充满情欲的意象都是其 20 世纪 30 年代作品中的典型元素，通常是些如梦似幻，甚至有如噩梦般的绘画和插画。

同样在 1935 年，在弗雷迪、哈尔姆斯塔德派成员埃里克·奥尔森、马克斯·恩斯特和布勒东的协助下，戴恩·比

耶克·彼得森（Dane Bjerke Petersen）在哥本哈根组织举办了"立体主义－超现实主义"艺术展。弗雷迪写道："超现实主义是艺术领域的革命，是一切事物的革命……我们的出发点是全人类，是潜意识，是本能，是梦。在这场革命中，人人平等。"同年，布勒东参加了在加那利群岛的特内里费岛的圣克鲁斯-德特内里费举办的"全球超现实主义展"（Universal Surrealism Exhibition）。在那里，他宣布特内里费岛为"超现实主义之岛"。

托杨

《荒凉的洞穴》，1937年，布面油画，113厘米×77.5厘米
国家美术馆，海布

作为托杨的密友和支持者，布勒东认为，托杨的作品"明快中透着阴暗的不祥之兆，一如她的内心世界"。

—

约有两千人参加了 1936 年伦敦"国际超现实主义展"的开幕式。

—

《超现实主义革命》杂志发行了国际特刊以记录 1935—1936 年举办的一系列超现实主义展览：布拉格的展览（捷克语和法语，1 号专刊，1935 年 4 月），特内里费岛的圣克鲁斯 - 德特内里费的展览（西班牙语和法语，2 号专刊，1935 年 10 月 2 日），布鲁塞尔的展览（法语，3 号专刊，1936 年 8 月），以及伦敦的展览（英语和法语，4 号专刊，1936 年 9 月）。其中，最重要的当属 1936 年伦敦举办的"国际超现实主义展"（International Surrealist Exhibition），吸引

《国际超现实主义专刊》
（ Iinternational Surrealist Bulletin ），
第 4 期

英国超现实主义团体于 1936 年 9
月发行，双语（英语和法语）

该刊物宣传和讨论了伦敦的国际
超现实主义展，并收录了展览期
间的演讲和辩论笔录。封面图中
的女子是希拉·莱格，被称为"超
现实主义的幽灵"，她游走在特
拉法加广场，脸被玫瑰花遮挡，
以此形式宣传此次展览。

INTERNATIONAL SURREALIST BULLETIN
No. 4 ISSUED BY THE SURREALIST GROUP IN ENGLAND
PUBLIÉ PAR LE GROUPE SURRÉALISTE EN ANGLETERRE
BULLETIN INTERNATIONAL DU SURRÉALISME
PRICE ONE SHILLING   SEPTEMBER 1936

THE INTERNATIONAL SURREALIST
EXHIBITION

The International Surrealist Exhibition was held
in London at the New Burlington Galleries from
the 11th June to 4th July 1936.

The number of the exhibits, paintings, sculpture,
objects and drawings was in the neighbourhood
of 390, and there were 68 exhibitors, of whom
23 were English. In all, 14 nationalities were
represented.

The English organizing committee were: Hugh
Sykes Davies, David Gascoyne, Humphrey Jen-
nings, Rupert Lee, Diana Brinton Lee, Henry

L'EXPOSITION INTERNATIONAL
DU SURRÉALISME

L'Exposition Internationale du Surréalisme s'est
tenue à Londres aux New Burlington Galleries du
11 Juin au 4 Juillet 1936.

Elle comprenait environ 390 tableaux, sculptures,
objets, collages et dessins. Sur 68 exposants, 23
étaient anglais. 14 nations étaient représentées.

Le comité organisateur était composé, pour
l'Angleterre, de Hugh Sykes Davies, David
Gascoyne, Humphrey Jennings, Rupert Lee,
Diana Brinton Lee, Henry Moore, Paul Nash,
Roland Penrose, Herbert Read, assistés par

1

了来自 14 个国家的 68 家参展商。尽管公众对此没有完全理解，但仍给予了热烈的反响。约有两千人参加了布勒东的开幕式，而且在展会期间（1936 年 6 月 11 日至 7 月 4 日），每天约有一千人参观。

英国艺术家兼赞助人罗兰·彭罗斯组织了英国国内对这次"超现实主义展览"的赞助。1928 年，彭罗斯在巴黎加入超现实主义团体，回到伦敦后他成为英国超现实主义的领军人物。

比利时超现实主义者梅森斯也来到英国帮忙布展，之后留下来帮助彭罗斯创立和发展英国的超现实主义事业。1938 年，彭罗斯买下伦敦画廊，由梅森斯担任画廊总监。伦敦画廊迅速成为英国超现实主义的大本营，直到 1940 年战争即将爆发，画廊被迫关闭。英国其他杰出的超现实主义者包括亨利·摩尔、爱德华·伯拉、德斯蒙德·莫里斯、艾琳·阿加、康罗伊·马多克斯及保罗·纳什。

—

展览"奇妙的艺术：达达和超现实主义"

共展出 157 位艺术家的 700 件艺术品，

时间跨度从 1450 年至 1936 年。

—

1936 年年底，具有里程碑意义的展览"奇妙的艺术：达达和超现实主义"在纽约现代艺术博物馆举办。这场巨大的展览由该馆馆长阿尔弗雷德·H. 巴尔组织，共展出 157 位艺术家的 700 件艺术品，时间跨度从 1450 年至 1936 年。在这次展览中，巴尔开辟了一条新的观展路线，从 15—16 世纪的"美妙艺术"（朱塞佩·阿尔钦博托和耶罗尼米斯·博斯的作品，参阅第 26—27 页）到 18 世纪末至 19 世纪初的威廉·布莱克（参阅第 54 页），再到 19 世纪的刘易斯·卡罗尔、奥迪隆·雷东和亨利·卢梭，之后经由 20 世纪的先

罗兰·彭罗斯

《大日子》（*Le Grand Jour*），1938 年，布面油画，76.2 厘米×101 厘米
泰特美术馆，圣艾夫斯

彭罗斯曾写道："尽管画布上除了颜料，别无其他，《大日子》仍是一幅拼贴作品。各意象之间看似毫无关联，但如果把它们放在一起，就像在梦中那样，它们之间就会产生一些关联，观看者们可以自由解读。"1938 年，这幅画在阿姆斯特丹的罗伯特画廊举办的"国际超现实主义博览会"上展出；1939 年，该作品又在伦敦市立美术馆举办的彭罗斯首场个展中展出。

锋画家夏加尔、德·基里科和杜尚，最终抵达由全世界的达达和超现实主义艺术家的作品构成的广袤沃野。

美国的约瑟夫·康奈尔是现代艺术家中的一位杰出代表，他的第一个"盒子结构"的装置作品（参阅第55页）就是为这次展览而特别设计的。他借鉴了超现实主义将毫不相干、偶然发现的物品碎片随意组合叠置的技法，尤其是那些曾经很珍贵的物体的碎片，它们被精心地布置在有玻璃门的盒子的微型场景中，增添了一股考古和戏剧性的张力。康奈尔将这个富有创意的盒子描述为"一个真正奠定了我在艺术领域公认地位的'嫡长子'"。其中有一篇关于本次展览的新闻报道：

展览展出了过去三百年间艺术家们创造的精彩绝伦的机

械装置的图纸和绘画……毕卡比亚、克利和曼·雷将想象力带入当今的超现实主义，并在鲁布·戈德堡的画作和世界上最受欢迎的超现实主义米老鼠的动画想象中流行……如果米老鼠欣喜若狂地沉浸在"无所不能的梦境"和"完全不受理性控制的状态"（引自布勒东的《超现实主义宣言》）都不算超现实主义实践的话，那么就没有人能做到了。

　　鲁布·戈德堡是一位极受欢迎的美国漫画家，他以标志性的"发明漫画"把现代机械用漫画的形式呈现出来。在他的漫画中，美国被打造成发明家的乐土，充满了各种疯狂的发明。美国动画大师沃尔特·迪士尼，即米老鼠的创造者，

约瑟夫·康奈尔

《无题（肥皂泡集）》，1936年，
混合媒体装置，39.4厘米×36.1
厘米×13.8厘米
沃兹沃斯艺术博物馆，哈特福德

这个肥皂泡装置是康奈尔的第一
件虚构主题作品。里面有一个黏
土制成的管子，用来吹肥皂泡，
它放置的角度看上去像是刚刚吹
了一个巨大的泡泡，现在变成了
月亮。

其代表作《狼崽安抚机》[*Wolf Pacifier*，一件精巧的机器装置，出自 1936 年的动画片《三只小狼》(*Three Little Wolves*)] 也被展出。此外，还展出了一些商业和新闻作品的样本，它们本质上都属于超现实主义，展现了截至 1936 年这场超现实主义运动在各领域产生的极为广泛而深远的影响。

1937 年，超现实主义运动加快了国际化的进程，在日本举办了"海外超现实主义作品巡回展"(Exhibition of Surrealist Works from Overseas)。此次展览由泷口修造、山中笛鲁 (Tiroux Yamanaka)、保尔·艾吕雅、乔治·胡戈涅和罗兰·彭罗斯联手打造，陆续在东京、大阪、京都和名古屋展出。这次意义非凡的展览对日本之后的许多超现实主义艺术家的创作产生了巨大影响，比如日本著名的超现实主义摄影师山本康介，他还是一位诗人。

山本康介

《未知题目》(*Title unknown*)，20世纪30年代末，胶版纸银印画，19.2厘米×28.6厘米
石井画廊（Taka Ishii Gallery），东京

这幅图完全还原了山本康介的签字风格，将诸多超现实主义技法（如拼贴、特写及合成照片）和日本文化中的主题巧妙地融合在了一起。

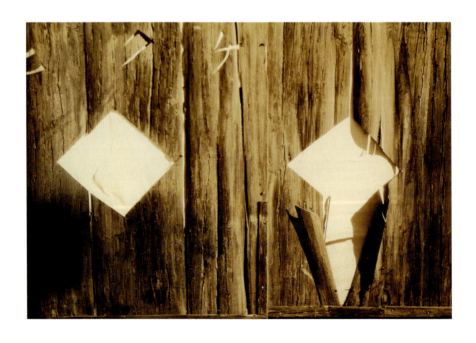

—

烘焙咖啡的香味和歇斯底里的笑声，

以及这间尘土飞扬、灯光晦暗如仓库般的屋子，

无不轰炸着观众们的神经。

—

1938 年，巴黎美术画廊（Galerie Beaux-Arts）举办的"国际超现实主义博览会"标志着"二战"前超现实主义达到了巅峰。此次展览中，超现实主义成为一种多感官、跨学科、包罗万象、身临其境的体验。观众们一走进院子，首先映入眼帘的是达利的《雨中出租车》（*Rainy Taxi*，参阅下图）：一辆破旧的出租车被藤蔓缠绕，里面摆放着两个人体模型——一个戴着鲨鱼头造型头套和护目镜的司机，还有一个浑身爬满了蜗牛的女乘客，两人都被车顶流下的雨水浇透了。接着，观众们会走进一条超现实主义的街道，由不同艺术家"装扮"的 16 个人体模特分列在街道两旁，这条路的尽头便是主展

萨尔瓦多·达利

《雨中出租车》，1938 年，拍摄于"国际超现实主义博览会"巴黎美术画廊，巴黎

达利为 1939 年的纽约世界博览会搭建了"维纳斯之梦"展厅，并为其创作了现代版的《雨中出租车》。后又创作了一个永久收藏版的，藏于西班牙菲格雷斯的达利戏剧博物馆（1974—1985 年）。

厅了。整个主展厅被设计成一座洞穴的样子，头顶上是杜尚的装煤麻袋吊顶，一个由 1200 个装煤麻袋组成的装置悬在上空，麻袋下方是一个炉子，只有中央的位置有灯照明。

屋子的每个角落都有一张双人床、一个池塘、铺满树叶和苔藓的地板以及挂在旋转门上的一些画作。烘焙咖啡的气味和歇斯底里的笑声，以及这间尘土飞扬、灯光晦暗如仓库般的屋子，无不轰炸着观众们的神经。笑声来自奥斯卡·多明格斯的装置作品《绝不》（Never，1937 年），两条腿从留声机里伸出，看起来就像是一个被留声机吞噬了上半身的女人。

主办方为观众们提供了手电筒，以便他们能看清这个如梦般的超现实主义环境。伴随着此次展览，由布勒东和艾吕雅主编、伊夫·唐吉拍摄封面的《超现实主义简明词典》出版，这是在传统展览形式基础上的一种别出心裁。词典本身可以构成意外的并置和偶遇，这正是超现实主义的精髓。超现实主义者认为此次展览十分有趣，但其他人却觉得它那阴郁的气氛令人不安。布勒东在后来的著作中提到过这次展览，他写道："我们并不是故意营造那样一种氛围，它只是传达了我们对未来十年的强烈预感。"

战时超现实主义

随着战争在欧洲的爆发，许多超现实主义者踏上了逃亡之路。20 世纪 30 年代中后期，许多重要的欧洲先锋派艺术家流亡美国，主要在纽约。布勒东、马塔、恩斯特、夏加尔、达利和唐吉等人便是在美国度过战争时期的超现实主义艺术家。纽约是艺术家难民的避难所，这里远离硝烟，许多刚刚崭露头角的艺术家聚集于此，不久前他们的作品刚刚通过现代艺术博物馆举办的展览走进大众的视野，比如美国艺术家柯奈尔、凯·塞奇、彼得·班纳姆、恩里科·多纳蒂、费

多罗西娅·坦宁

《生日》，1942 年，布面油画，102.2 厘米×64.8 厘米
费城艺术博物馆，费城

坦宁曾描述这幅画的创作过程："最初它只是一幅画，一幅自画像，以现在的标准来看，仅是一幅平淡无奇的布面油画。后来它一直跟随着我，装点着我的纽约工作室和公寓的密室，无处不在。它仿佛成了一个房间。有一天，我被一系列神奇的门震撼：大厅、厨房、浴室和工作室一拥而上，它们的平面、光线和阴影一张一合，吸引着我的注意力。就这样，我轻轻一跃就抵达了这个拥有无数扇门的梦境。"

德里科·卡斯特斯翁、弗雷德里克·基斯勒、多罗西娅·坦宁和阿希尔·戈尔基等人。

1936 年，坦宁等人在纽约现代艺术博物馆举办的"奇妙的艺术：达达和超现实主义"展览中第一次接触到超现实主义。她被这些作品深深地吸引了，20 世纪 40 年代，她无比欢欣地见到了流亡纽约的一些超现实主义艺术家。坦宁以其精准的梦境隐喻画面著称，如在艺术界颇受关注的作品《生日》（*Birthday*，参阅第 59 页）。

马克斯·恩斯特造访坦宁的工作室时，将其作品命名为《生日》。当时，恩斯特正在筹备"31 位女性艺术家展览"（Exhibition by 31 Women），该展将于 1943 年在纽约的佩吉·古根海姆的本世纪艺术画廊（Peggy Guggenheim's Art of This Century Gallery）开幕。展览中展出了众多超现实主义者的作品，包括坦宁、莉奥诺拉·卡灵顿、莱昂诺尔·菲尼、瓦伦丁·雨果、梅雷特·奥本海姆、凯·塞奇和雅克利娜·兰巴·布勒东。其中，奥本海姆展出了著名的作品《物体》，坦宁则展出了《生日》。

墨西哥是另一个吸引欧洲流亡艺术家的避难所。1938 年，布勒东在墨西哥开展了为期四个月的巡回讲座。其间，他见到了自己的偶像——流亡海外的俄国的列夫·托洛茨基，以及包括弗里达·卡罗和迭戈·里维拉在内的墨西哥艺术家和学者。回到法国后，布勒东在超现实主义出版物《米诺陶》中开设了"墨西哥印象"（Souvenir du Mexique）的专栏，表达了对墨西哥的喜爱之情，并选用曼努埃尔·阿尔瓦雷斯·布拉沃的摄影作品作插图。除了上述艺术家，定居在墨西哥的还有西班牙的雷梅迪奥斯·瓦罗、奥地利的沃尔夫冈·帕伦、法国的爱丽丝·罗昂、秘鲁的塞萨尔·莫罗，以及英国的莉奥诺拉·卡灵顿和爱德华·詹姆斯。1940 年，帕伦和莫罗在墨西哥城组织了"国际超现实主义艺术展"，展览囊括了

雷梅迪奥斯·瓦罗

《植物木偶》（*Vegetal Puppets*），1938 年，胶合板石蜡油画，88 厘米×79 厘米
现代艺术博物馆（Museo de Arte Moderno，简称INBA），墨西哥城

西班牙艺术家瓦罗于1937年迁居巴黎，从此便和巴黎的超现实主义者一同参展，并习得了多种颇具实验性的技法。在这件早期作品中，瓦罗将石蜡滴在帆布上，并在扭曲的帆布表面添加了一个类似艺术家的头像。孤立的人物和四周的蔬菜浑然一体，为画作增添了一份怪异美。

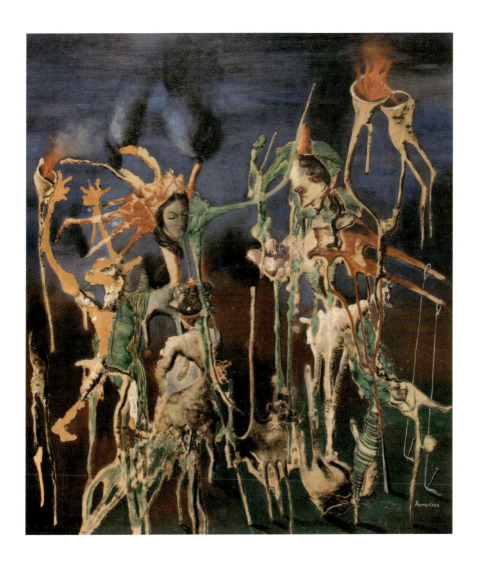

第一代和第二代国际超现实主义者和墨西哥的艺术家，他们的作品颇能引发彼此间的共鸣，其中有卡罗、里维拉、阿尔瓦雷斯·布拉沃和画家吉列尔莫·梅扎。旅居墨西哥的卡灵顿和瓦罗成了亲密的朋友与合作伙伴，他们志同道合，共同探索神话、炼金术和魔法等领域。

—

艺术与自由团体通过超现实主义的艺术意象，

解决了诸如警察暴行和卖淫等社会问题。

—

保罗 - 埃米尔·博尔迪阿

《无题》[Untitled，又名《鸟》（A Bird）]，1942 年，以木炭打底的水粉画，27.2 厘米×25.2 厘米
蒙特利尔美术博物馆，蒙特利尔

1942 年，博尔迪阿展出了 45 幅运用自动化创作技法绘制的水粉画，引起了一批年轻艺术家的追捧。之后，他们被称为"自动主义者"。

在其他地方，新的超现实主义团体相继形成，比如 1939 年成立于埃及开罗的艺术与自由团体（The Art and Liberty Group）。诗人乔治·赫宁、画家拉美西斯·尤南、安瓦尔·卡迈勒与福阿德·卡迈勒兄弟俩及卡迈勒·伊尔-泰勒萨尼受到布勒东的巴黎超现实主义团体的启发，创立了该团体。艺术与自由团体强调个人主义和想象的自由，通过超现实主义的艺术意象，解决了诸如警察暴行和卖淫等社会问题。艺术与自由团体同欧洲其他超现实主义团体保持着紧密联系，其核心人物之一尤南的作品曾于 1947 年布勒东在巴黎和布拉格举办的"国际超现实主义博览会"中展出。(参阅第 64 页)

1940 年，罗马尼亚超现实主义团体在布加勒斯特成立，由诗人盖拉西姆·卢卡、格鲁·瑙姆、维尔吉尔·特奥多雷斯库和视觉艺术家保罗·珀温及多尔菲·特罗斯特发起。珀温是诗人兼外科医生，他的超现实主义画作通常使用黑色墨水或铅笔，抽象和具象相结合，运用自动化的技巧和阴影。(参阅第 65 页) 战争期间，布加勒斯特超现实主义团体的五位成员暗自研究超现实主义的各方面。战争结束后，他们立刻以宣言、展览和出版物等形式的活动登上国际舞台。他们于 1947 年加入了布勒东和他在巴黎的超现实主义者的阵营。

　　20 世纪 40 年代初,"自动化"团体(Les Autoristes)在加拿大的蒙特利尔成立,其成员包括保罗 - 埃米尔·博尔迪阿、费尔南德·勒迪克和让 - 保罗·里奥佩尔,他们深受超现实主义自动化的启发,立志于抽象艺术。博尔迪阿对 20 世纪 40 年代初的巴黎超现实主义作品的涉猎是其职业生涯的转折点,在自动化写作的启发下,他进行了第一次抽象主义实验。

拉美西斯·尤南

《无题》（*Untitled*），1939年，布面油画，
46.5厘米×35.5厘米
H.E.Sh.哈桑·M.A.艾尔塔尼收藏（H. E. Sh.
Hassan M. A. Al Thani collection），多哈

尤南把女性的身体塑造得极
为悲惨，传达了社会中的不
公平及对剥削女性的抗议。

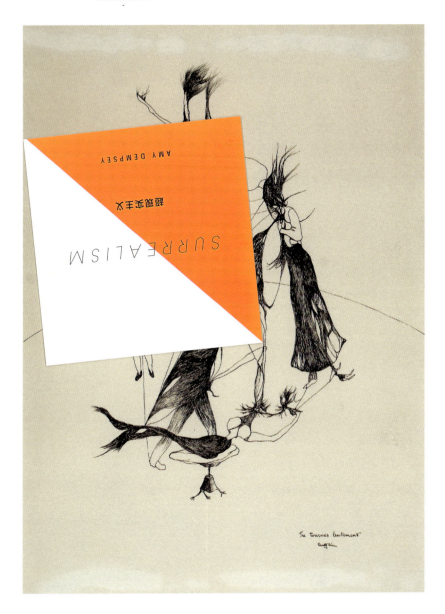

保罗·珀温

《你慢慢地旋转》（*You Turn Slowly*），
1943年，水墨画，27厘米×36厘米
私人藏品

1945年，这幅微妙的梦幻般的
画作极可能在布加勒斯特举办
的超现实主义的水墨画展览中
首次展出。

超现实主义刊物

创办杂志是传播超现实主义理念的又一个有力武器。早期的一些重要出版物有：《超现实主义革命》（巴黎，1924—1929 年），《变体》（布鲁塞尔，1928—1930 年），《档案》（*Documents*，巴黎，1929—1930 年），《作为革命工具的超现实主义》（*Le Surréalisme au service de la révolution*，巴黎，1930—1933 年）和《米诺陶》（巴黎，1933—1939 年）。《米诺陶》是一份由艾伯特·斯基拉创办的杂志。布勒东是该杂志的主编之一，在已出版的 13 期杂志中刊登了诸多艺术家的作品，如阿尔普、贝尔默、布劳纳、达利、德尔沃、杜尚、恩斯特、贾科梅蒂、马格里特、马塔，等等。杂志优质的摄影作品和色彩丰富的彩色插图将超现实主义意象带入了大众的视线。第 6 期（1935 年）的封面是曼·雷和杜尚友谊的见证物。这两位艺术家自 1915 年相识后，便成了终身朋友，经常一起合作项目。曼·雷的作品《积灰》（*Elevage de Poussière*）是他把相机的快门打开了一小时，来记录灰尘在杜尚的作品《大玻璃》[*The Large Glass*，又名《被伴郎们扒光的新娘》（*The Bride Stripped Bare by Her Bachelors*），1915—1923 年] 上聚积的过程，以此捕捉日常生活中意想不到的美妙瞬间。

战争期间，共有三种新的超现实主义出版物在美洲地区创刊：《观点：现代杂志》（*View: The Modern Magazine*，纽约，1940—1947 年）、*VVV*（纽约，1942—1944 年）、*DYN*（墨西哥城，1942—1944 年）。《观点：现代杂志》由亨利·查尔斯·福特主编，1940—1947 年共发行了 32 期。此外，杜尚还是《观点：现代杂志》的顾问委员会成员。该杂志报道各类超现实主义活动，极力促进超现实主义运动信息在美国的传播。

马塞尔·杜尚

《米诺陶》封面，1935 年冬季第 6 期，巴黎；由杜尚的《转轮》1 号（花冠——注册模型，1935 年）和曼·雷的《积灰》（1920 年）中的两个画面拼合而成

杜尚在 1935 年创作的《转轮》（*Rotoreliefs*）系列是由一组用纸板装饰过的盘子组成，这些盘子被无序地叠放在一个转盘上。当转盘旋转时，会产生一种起伏的三维效果，既催眠又引人遐思，捕捉到了超现实主义意乱情迷的元素。

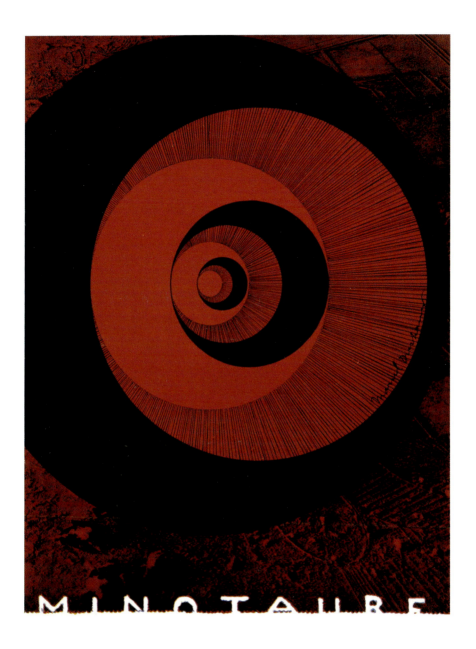

超现实主义的主要阵地

巴黎（法国），布鲁塞尔（比利时），布拉格（捷克斯洛伐克），哥本哈根（丹麦），马尔默（瑞典），伦敦（英国），伯明翰（英国），布加勒斯特（罗马尼亚），开罗（埃及），东京（日本），蒙特利尔（加拿大），纽约（美国），墨西哥城（墨西哥），布达佩斯（匈牙利），巴塞罗那（西班牙），哈尔姆斯塔德（瑞典）

超现实主义的主要国际展览

1925 年
"超现实主义画展"，皮埃尔画廊，巴黎，法国

1931 年
"新超现实主义"，沃兹沃斯艺术博物馆，康涅狄格州哈特福德，美国 [美国首场超现实主义展，1932 年在纽约展出时更名为"超现实主义：颜料、绘画与摄影"（Surrealism, Paintings, Drawings and Photographs），莱维画廊]

1934 年
"米诺陶艺术博览会"，布鲁塞尔艺术宫，布鲁塞尔，比利时

1935 年
"立体主义－超现实主义艺术展"，德·弗里耶当代艺术中心，哥本哈根，丹麦
"国际超现实主义博览会"，马内斯画廊，布拉格，捷克斯洛伐克
"全球超现实主义展"，圣克鲁斯博物馆，圣克鲁斯 - 德特内里费，加那利群岛

1936 年
"国际超现实主义展"，新伯灵顿画廊，伦敦，英国
"奇妙的艺术：达达和超现实主义展"，现代艺术博物馆，纽约，美国
"超现实主义物品展"，夏尔·拉东画廊，巴黎，法国

1937 年
"海外超现实主义作品巡回展"，日本沙龙，东京，日本（后陆续在大阪、京都和名古屋展出）
"超现实主义物品和诗歌展"，伦敦画廊，伦敦，英国

1938 年
"国际超现实主义博览会"，美术画廊，巴黎，法国
"国际超现实主义博览会"，罗伯特画廊，阿姆斯特丹，荷兰

维夫里多·拉姆

《观点：现代杂志》封面，V 系列，第 2 期，1945 年 5 月，纽约

古巴艺术家维夫里多·拉姆先后在古巴和西班牙学习艺术，后成为毕加索的学徒。1940 年，拉姆在毕加索的介绍下结识了布勒东，并加入超现实主义者的行列。该封面展现了拉姆简洁的风格：模棱两可的形象，可以是男人或女人，甚至有可能是植物或动物。

1940 年
"国际超现实主义博览会"，墨西哥艺术画廊，墨西哥城，墨西哥

1942 年
"首批超现实主义文献展"，怀特劳·里德宅邸，纽约，美国

1945—1946 年
"超现实主义"，波依提出版博物馆，布鲁塞尔，比利时

1947 年
"国际超现实主义博览会"，马格画廊，巴黎，法国（后于 1948 年相继在布拉格和智利展出）

1959—1960 年
"国际超现实主义博览会"，丹尼尔·科迪耶画廊，巴黎，法国

1960 年
"超现实主义入侵魔法世界"，达西画廊，纽约，美国

1961 年
"国际超现实主义展"，施瓦茨画廊，米兰，意大利

1965 年
"国际超现实主义博览会"，勒耶画廊，巴黎，法国

安德烈·布勒东

"什么是超现实主义？"宣传页，
1936 年
选自伦敦国际超现实主义展览的
目录册，第 9 页

这张宣传页是为了推广安德烈·布勒东的"什么是超现实主义？"（*What is Surrealism？*），1936 年），这本小册子是为伦敦举办的首届"国际超现实主义展览"编写的。

● prepared especially for this exhibition ● 2/-

What is Surrealism?

ANDRÉ BRETON

Monsieur André Breton is the leader of the Surrealist movement in France—the most vital movement in contemporary art and literature. In this pamphlet, specially written for the occasion of the first International Surrealist Exhibition to be held in London, Monsieur Breton explains exactly what surrealism stands for in painting, sculpture and politics. It is revealed, not as one more little sectarian affair destined to flutter the cafes of London and Paris, but as a deliberate and even a desperate attempt to transform the world. Surrealism may amuse you, it may shock you, it may scandalize you, but one thing is certain : you will not be able to ignore it.

Illustrated, 2/-

24 Russell Square   FABER & FABER   London, W.C. I

超现实主义艺术创作

—

我试图创造出奇妙的、富有魔力的且如梦似幻的东西。

这世界需要更多的幻想。

—

萨尔瓦多·达利

1940 年

曼·雷

《爆发－定格》，1934年，明胶银版画，12.1厘米×9.2厘米
蓬皮杜中心，巴黎

在这张照片中，曼·雷捕捉到（或者说定格了）一名舞蹈演员刚刚戏剧性地停了下来，她的裙摆还在四周飘动。

次页图
拉约什·沃伊道

《蓝色空间里的魔鬼》，1939年，由蜡笔、粉笔、木炭、铅笔和墨水创作的纸画，63厘米×94.5厘米
亚努斯·帕诺尼乌斯博物馆（Janus Pannonius Museum），佩奇

这是沃伊道20世纪30年代的典型代表作，其中笼罩着一种不祥的预感。

对于安德烈·布勒东和其他超现实主义者而言，超现实主义既是一种态度和人生观，也是一种艺术创作的方式。超现实主义者们试图打破阻隔想象与现实的壁垒，通过"客观的机缘巧合"达到一种全新的状态。正如洛特雷阿蒙描述的那样："不经意间将毫无关联的普通事物并置，产生的奇妙感触会带你抵达一种全新的状态。"这是对先入为主的现实观念的挑战，打通一条联结想象和现实世界的通道，并使人产生一种超凡脱俗的感官体验，从而揭示现实固有的诗意和陌生感。

—

美是一种感觉的错乱，

比如"震撼"这种感觉带来的那种既兴奋又茫然无措的复杂体验。

—

这种新的现实是"好的"，"只有好的才是美的"，正如布勒东在《超现实主义宣言》（1924年）中所言。在小说《娜迦》（1928年）的结尾处，布勒东写道："美是抽搐的、扭曲的，否则就不是美。"在他的另一部作品《疯狂的爱》（*Mad Love*，1937年）中，布勒东进一步阐释道："扭曲的美是朦胧的色情，是爆发瞬间的定格，是魔幻的真实，否则就不是美。"所以，奇妙即是美，美即是扭曲。也正因如此，美是一种感觉的错乱，比如"震撼"这种感觉带来的那种既兴奋又茫然无措的复杂体验。并置的内容越深刻，越能唤起内心的情绪，由此产生的影响也就越震撼。那种越能捕捉并传达令人不安的、有眩晕感的画面，即被认为越能代表超现实主义的风格。曼·雷的摄影作品《爆发－定格》[*Explosante-fixe*，背面是《舞者佩鲁·德·皮拉》（*Prou del Pilar*）]最初刊登在《米诺陶》（1934年的第5期）上，后于1937年在布勒东的《疯狂的爱》中作为"具有爆发性的瞬间定格"的经典例证出现。它成功捕捉到了那种源自"疯狂的爱"和欲望中的欣喜若狂

及完全失控的感受。

20 世纪二三十年代，弗洛伊德的理论被译成法语，并在巴黎广受欢迎。艺术家们被他思想中所暗示的强有力的、挑战性的意象吸引。比如匈牙利艺术家拉约什·沃伊道，他在1930—1934 年旅居巴黎期间接触到了超现实主义。回到匈牙利后，他将超现实主义的思想和主题融入民间艺术和宗教肖像的创作中，创造出一种独特的风格，他将其称为"构建型超现实主义模型"。他在 20 世纪 30 年代末创作的诸多作品中，如《蓝色空间里的魔鬼》（*Monster in Blue Space*，参阅第 76—77 页），可怖的面具和游荡在色彩斑斓但贫瘠景象中的魔鬼是这幅画的主要特征，传达着原始的恐惧和他的噩梦，而这些均源自日益逼近的战争以及他不断恶化的健康状况。

为了达到"怪怖"的效果，艺术家们尝试了各种各样的实验性的创作策略：模仿、折叠、旋转、巧合、重复、特写镜头，等等。这些策略无不蕴藏着巨大潜力，为熟悉的事物注入了一丝陌生的诡异感。比如折叠，不管是通过二次曝光、拼贴或者镜子，都能营造出一种令人毛骨悚然的阴森气氛。

眼睛、昆虫、断肢残体和身首异处都是超现实主义图谱中重要的主题元素。比如螳螂，它那颇具拟人意味的形态和交配方式，完美概括了弗洛伊德学说中爱与死亡的本能冲动，极受超现实主义者的青睐。雌性螳螂在交配时会将雄性螳螂的头扯下来吃掉，是"女杀手"形象的典型代表。（参阅第 79 页）超现实主义者还醉心于各种面具——非洲面具、工业用面罩、毒气面罩及嘉年华面具，因为这些面具拥有一种去除人性化的特质。（参阅第 80—81 页）在超现实主义作品中，达达主义对机器的热爱变成了对自动化机器的恐惧，起死回生的恐怖气氛、面具、玩偶和模特都是反复出现的意象。例如，汉斯·贝尔默拍摄的一组被肢解的玩偶的照片，它们仿佛抹去了生命体和无生命体之间的界限，让人产生极

奥斯卡·多明格斯

《螳螂》（*Praying Mantis*），1938 年，布面油画，38.3 厘米×46 厘米
私人藏品

在这幅画里，多明格斯描绘了在超现实主义的场景下，一个外表凶残的雌性螳螂正在吞食她的伴侣。

度的焦虑感。大多数超现实主义作品都在强调恐惧、潜藏的
欲望和色情等令人不安的动机。

—

艺术不是最终目的，

而是通往更伟大事物的一种途径——对美的追求。

—

没有一种特别的规定来限制超现实主义风格，因为艺术
不是最终目的，而是通往更伟大事物的一种途径——对美的
追求。超现实主义的氛围是自由的，并由此催生了诸多实验
来揭示那些美得令人战栗的意象。为了避开理性思维的束
缚，到达潜意识想象世界中不受约束的思想和情感，许多艺
术家转而采用自动主义创作手法和梦境的意象，形成了两

雅克-安德烈·布瓦法尔

《面具之下》（*Behind the Mask*），1930
年，明胶银版画，22.4厘米×16.8厘米
蓬皮杜中心，巴黎

布瓦法尔的这组戴面具男子的照
片和乔治·兰堡的文章——《埃斯
库罗斯、狂欢和文明人》——被
一同刊登在超现实主义评论期刊
《档案》的第2期（1930年2月）中。

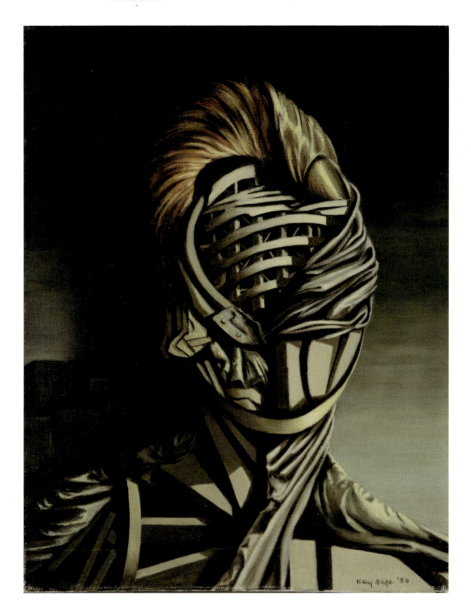

凯·塞奇

《小型肖像》（*Small Portrait*），1935年，布面油画，36.8厘米×28.9厘米
弗朗西斯·雷曼·勒布艺术中心，纽约的波基普西

这幅画呈现了一个奇特的钢质结构成为类似人类头部的脚手架，由美国艺术家凯·塞奇以她标志性的暗灰、绿色和赭黄的配色精心绘制而成。

汉斯·贝尔默

《玩偶》（*The Doll*），1935年，明胶银版画，
8.9厘米×6.3厘米
乌布画廊，纽约

贝尔默那噩梦般的玩偶形象
看起来就像是警察在案发现
场拍摄的照片，充满了令人
难以言表的恐惧，都是些令
人不安的超现实主义作品。

霍安·米罗

《颠覆》（*The Toppling*），1924年，
用石墨、木炭和蛋彩绘制的布面
油画，92.4厘米×72.8厘米
耶鲁大学艺术画廊，纽黑文

米罗大胆而精细的笔触将偶
然与计划巧妙地混合在一起，
创作出了充满想象的生活。

安德烈·马松

《兰斯洛特》，1927年，用胶料、沙子、颜料和墨水绘制而成的布面油画，46厘米×21.5厘米 蓬皮杜中心，巴黎

1924年，马松在巴黎举办了自己的首场个展，布勒东买了其中的一幅画，并邀请他加入超现实主义团体。马松开始创作自动主义画作，传递他"高度紧张的紧迫感和自相矛盾的冲动"。

大主要的绘画派别：以西班牙的霍安·米罗和法国的安德烈·马松、基里安·罗伯托·马塔及法德双重国籍的让·阿尔普为代表的"生物形态"（或称"有机"）超现实主义画派；以西班牙的萨尔瓦多·达利、比利时的勒内·马格里特、法国的伊夫·唐吉和皮埃尔·罗伊为代表的"梦幻"超现实主义画派。

自动主义

自动主义是一种超现实主义创作手法。它指的是艺术家在不思考的情况下作画，就像涂鸦一样，图像直接来自他们的潜意识。米罗凭直觉在色彩浓烈的背景中画出明亮的生物形态，他说："我在画画时，图像在我的笔端自发产生。"他不只是运用自动主义技法创作成品，有时还会停留在草图阶段，之后再在这些草图上精心修饰，直至最终绘制出成品。他描述第一阶段的创作为"自由的、无意识的"，第二阶段的修饰过程则是"精心策划的"。为了创作他的一些作品，米罗会将颜料"随意地"泼洒（如倾倒、抛掷或用布涂抹）在画布上，由于画布上的底漆不均匀，所以颜料会以不同的程度渗透画布，最后他再精心画上预先在素描时练习过的形状和线条。

米罗的朋友马松也很乐意运用自动主义技法进行创作。他从1924年起开始用钢笔和墨水创作自动主义绘画，图像慢慢显现在快速绘制的线条中，之后他再做进一步的修饰，或者就保持原样。1927年，马松开始创作一系列沙画，他先将胶水随意涂抹在画布上，然后倒上沙子，随之将画布向四周倾斜，以便沙子能被粘在胶水涂抹过的地方。最后，正如他在绘画时做的那样，他会在画布上添加颜色或线条，从而显现出自己"看到"的图像，比如《兰斯洛特》（*Lancelot*，1927年）即是用此方法绘成。马松解释道："开始创作时，

我脑子里并没有任何画面或计划，全凭一时兴起。但是画着画着，这些涂鸦开始显现出轮廓，最终成为图像。我只是促进它们出现……"

—

自相矛盾但持续不断、快速涌现出充满情欲的梦幻画面。

—

对于德国艺术家马克斯·恩斯特来说，自动主义创作手法让他能够以"作品诞生时的旁观者"身份参与其中。1925年，恩斯特暂住在法国的一家海滨旅馆，开始用"拓印"（frottage，法语是 rubbing，摩擦的意思）作为其自动化的技法。他把纸盖在木板上，用铅笔拓出图案，由此创作了一系列作品。在这些图案中，他欣喜地发现了许多"自相矛盾但持续不断、快速涌现出充满情欲的梦幻画面"。除此以外，他还拓了许多其他物品，比如在作品《光轮》（*The Wheel of Light*，参阅下图）中就用到了树叶和枯枝。对于恩斯特来说，"拓印法"是与广为人知的"自动化写作"这一术语真正等同的绘画技法。他在 1927 年将该技法引入绘画领域，并将其命名为"拓印法"（grattage，法语是 scraping，有刮擦的意思）。作画时，他会将涂满颜料的画布铺在粗糙不平的平面

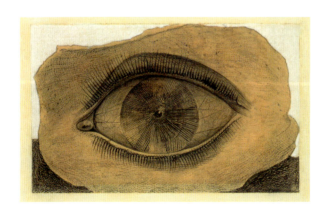

马克斯·恩斯特

《光轮》[选自 1926 年出版的《自然史》（*Natural History*）]，约 1925 年，采用拓印法创作的铅笔画，25 厘米 ×42 厘米
私人藏品，瑞士

恩斯特将一片叶子的拓画变成了一只眼睛的眼白。眼睛在超现实主义中是很受欢迎的意象，它是心灵的窗户、内心世界的象征及精神写照。

上，然后刮掉颜料，露出画布下面物体的痕迹。（参阅下图）米罗及其他艺术家也用该技法进行创作。这些技法的运用，使得艺术家能将现实世界中偶然邂逅的图案和形状吸收并在绘画中加以利用。

　　大约在1929年，恩斯特开始了一系列拼贴画小说的创作，其中最著名的当属《为期一周的仁慈》（*A Week of Kindness*，1934年，参阅第89页）。他将维多利亚时代的钢版画切割重组，可谓"解剖"过往，从他成长的、平淡无奇的现实世界中创造出奇异的幻想作品。他的拼贴手法如此精妙，以至于当它们以照片形式印刷出来时使人完全看不出剪切和粘贴的痕迹，它们分明是超现实的作品，但看起来浑然天成，仿佛原本如此。恩斯特用洛特利亚蒙的话描述这些超现实主义作品："将两个表面看起来毫无关联的现实联系在一起，并将它们置于一个表面看来并不适合的环境中。"

马克斯·恩斯特

《雪花》（*Snow Flowers*），1929年，布面油画，130厘米×130厘米
贝耶勒基金会美术馆，巴塞尔

恩斯特在创作这幅作品时用了拓印法和刮擦法。

金德里奇·斯蒂尔斯基

《小号雪花石膏手》（*Little Alabaster Hand*），
1940年，采用拓画法和擦画法（collage）创
作的铅笔画，21.9厘米×29.8厘米
私人藏品，乌布画廊供图，纽约

在这幅画中，斯蒂尔斯基将拓印法、
拼贴和绘画融于一体，创造出一个
被切下的手的意象，上方还环绕着
两只蝴蝶。手和昆虫是超现实主义
作品中经常出现的意象。

马克斯·恩斯特

《小公鸡的笑声之三》(*The Cockerel's
Laughter*,选自拼贴画小说《为期一周的仁
慈》),1934年,版画,18.1厘米×15.2厘米
乌布画廊,纽约

这个噩梦般的画面来自恩斯特精心
制作的、由182幅图组成的拼贴画
小说。这幅画是小说"周四"篇的
第三幅,主要元素是"黑暗"。

—

在颜料未完全晾干时揭下上面的纸，

就会显现出超现实主义的景象，就像转移图像一样。

—

1936 年，西班牙艺术家奥斯卡·多明格斯首创了"移画印花"[来自法语单词 décalquer，意思为转移（to transfer）] 这一超现实主义创作技法。将黑色的颜料涂在一张纸上，在颜料未干时，把另一张纸压在上面。之后，在颜料未完全晾干时揭下上面的纸，就会显现出一幅超现实主义的景象，就像转移图像一样。布勒东及其他艺术家对多明格斯的这些画作赞叹不已，认为"移画印花"是自动主义创作技法的又一项创举。之后，该技法被恩斯特、布勒东及法国

奥斯卡·多明格斯

《移画印花》，1935 年，(水粉转移)在纸上，35 厘米 × 24.5 厘米
德国国立博物馆的沙尔夫 - 盖尔斯滕贝格收藏馆，柏林

多明格斯来自西班牙的特内里费岛，布勒东戏称他是"加那利群岛的龙血树"。1933 年，多明格斯的画作和物品创作受到布勒东和艾吕雅的推崇，迅速成为超现实主义运动的核心人物。

的乔治·胡戈涅等艺术家广泛使用。1936 年 6 月出版的《米诺陶》上刊载了一系列"移画印花"作品。

—

用烛火在画纸或画布上迅速划过，

留下炭黑色的印记。

—

与此同时，奥地利艺术家沃尔夫冈·帕伦也发明了一种称为"熏画"的创作技法，用蜡烛燃烧时的烟来"作画"。具体而言，就是用烛火在画纸或画布上迅速掠过，留下炭黑色的印记。之后，帕伦再对这些奇特的梦幻般的形状做进一步的完善，如代表作《禁地》（*Forbidden Land*，参阅第 92 页）。此外，运用这一技法的还有达利、马塔、雷梅迪奥斯·瓦罗等人。布勒东也被吸引了，对此他曾写道：

沃尔夫冈·帕伦将一种看待世界的方式发挥到了极致——不论是看待周遭的世界，还是一个人内心的自省……我相信在探索和认识宇宙的奥妙并让它为我们所感知这方面，没有人比帕伦更努力、更持之以恒了。

除了画家，摄影家们也探索出了与自动化和偶然性有关的创作技法。比如美国摄影家曼·雷的"实物投影法"（rayographs），将物品直接放在胶片上，然后曝光（不使用相机）而产生照片。曼·雷在 1927 年偶然发现了这个方法，当时他误将一卷忘记曝光的胶卷放入了显影剂。在《自画像》（*Self Portrait*，1963 年）一书中，曼·雷详细阐述道：

就在我徒劳地等了几分钟，对浪费了的胶片惋惜不已时，我不自觉地把一个小玻璃漏斗、显影盘里的量筒和温度计放到了浸湿的胶片上。当我打开灯时，一幅图画呈现在眼

沃尔夫冈·帕伦

《禁地》，1936—1937 年，采用"熏画法"的布面油画，92.7 厘米×59.5 厘米
私人藏品，柏林

帕伦于 1935 年加入了巴黎超现实主义团体。这是他第一次运用"熏画法"，将蜡烛的烟融入画作中，从而创造出一种令人难忘的奇异景象。

前。与相机拍摄的照片不同，它呈现的不是一个简简单单的物体剪影。在玻璃和相纸若即若离的折射下略显失真，它是从黑色背景上凸显出来，并直接暴露在光线中产生的图像。

与早些时候不用相机产生的实物投影不同，曼·雷的实物投影照片是在暗室里完成的，通常是将物体放在感光纸上，之后再将它们移到室外。"实物投影法"看起来十分神秘，因此大受欢迎。新西兰艺术家莱恩·里对曼·雷的技术颇感兴趣，并于 20 世纪三四十年代创作了一系列不用照相机生成的照片，他称其为"黑影照片"（shadowgrams）或"实物投影照片"。《夜间自植》（*Self Planting at Night*，参阅次页图）是他早期的作品之一，创作于伦敦。1936 年，它同另外两幅作品一起被展出在伦敦的"国际超现实展览"上。在最初的实物投影照片里，莱恩使用了日常用品和橡皮泥模具。1946—1947 年，莱恩又一次运用该技法，并以他敬仰的艺术家为模特（如霍安·米罗及其家人），创作了一系列引人注目的肖像。在这些作品中，他通过二次甚至三次曝光，在人物头像的剪影上添加了更多细节。

—

曼·雷和李·米勒发现了"中途曝光"法，

当时米勒错将一卷未充分曝光的胶片暴露在自然光下，

产生了一种奇异的银色光晕。

—

1929 年，发生了另外一件偶然的趣事：曼·雷和美国艺术家李·米勒，还有曼·雷的模特、助手兼学徒，三人在偶然间发现了"中途曝光"（solarization）的技法。当时，米勒错将一卷未充分曝光的胶片暴露在自然光下，黑和白发生了部分颠倒，由此产生了一种奇异的银色光晕。米勒运用这种技法创作了一幅女子肖像，人们普遍认为该女子是艺术家

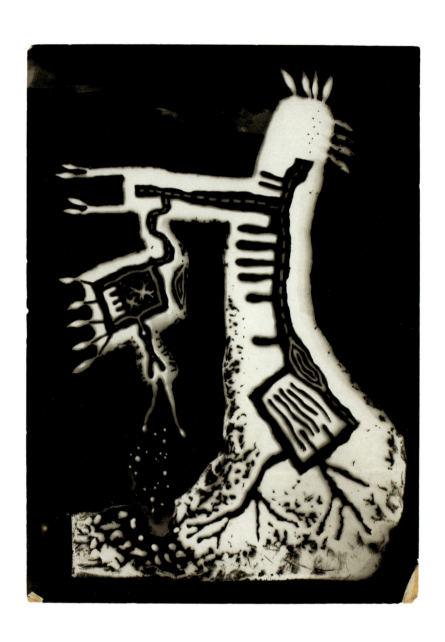

莱恩·里

《夜间自植》,1930年,"黑影照片",
戈维特布鲁斯特美术馆,新普利
茅斯

1947年,莱恩创作了一张自画
像的"黑影照片",他把这张照
片叠映在自画像头部的剪影上,
大概要以此证明这张照片对于他
的重要性。

曼·雷

《无题》，约1921年，运用"实物投影法"的明胶银版画，19.7厘米×14.6厘米
旧金山现代艺术博物馆，旧金山

曼·雷运用"实物投影法"创作的照片，比如早期这张用到陀螺和胶卷的作品，既出人意料，又十分精妙。

李·米勒

《过度曝光的女子（被认为是梅雷特·奥本海姆）肖像》[*Solarized portrait of a woman* (*thought to be Meret Oppenheim*)]，约1932年，明胶银版画，24.1厘米×19厘米
李·米勒档案馆，东萨塞克斯郡

美国摄影家李·米勒的这张照片展示了即使短暂的过度曝光也能产生如此光晕。

梅雷特·奥本海姆。这种创作技法受到许多超现实主义者的欢迎，包括比利时艺术家拉乌尔·乌巴克。

　　1929年，当乌巴克第一次读到《超现实主义宣言》时，便称其是"神的启示和召唤"。乌巴克也自创了一种影像创作技法，叫作"燎烤法"（burning 或 singeing）。乌巴克称它是"毁灭式自动主义"，具体做法是在冲印前将乳胶融化在曝光了的底片上（置于一锅开水上方即可融化）。对于这一技法产生的效果，乌巴克评价道："我用这种方法处理了大量底片——绝大多数情况下，结果是令人失望的，唯独那一张照片《星云》（*The Nebula*，参阅第 97 页）。"

拉乌尔·乌巴克

《星云》，1938 年，用"燎烤法"创作的明胶银版画，40 厘米×28.3 厘米
蓬皮杜中心，巴黎

在乌巴克的这张照片中，"燎烤法"终于成功了。乌巴克如是写道："燎烤法，将一个穿着浴袍的女子变成了一个惊慌失措的女神。"

精致的尸体

　　另一种将自动主义和偶然性注入超现实主义的创作方法是合作和游戏。大约在 1925 年，巴黎的一群超现实主义艺术家，包括布勒东、唐吉、马塞尔·杜尚和诗人雅克·普雷维尔，创造了一种叫作"精致的尸体"（exquisite corpse）的技法。该技法的灵感来自古老的填字游戏"后果"（Consequences）。在这个游戏中，玩家在小纸条上写一些话，然后将纸条折起来（使人看不到里面的字）传给下一个人，下一个人再在上面加一个词，然后接着往下传。很快，这群超现实主义艺术家把这个文字续写游戏变成了一种协作绘

画，通常所画对象是人体。

—

精致的尸体要喝新酒。

—

起初，这只是一个游戏，后来发展成一种重要的创作技巧，艺术家们达到一种集体无意识状态，创造出随机的并置效果。他们用第一次做游戏时使用的一组词语，把该技法及由此产生的"合成"图像命名为《精致的尸体要喝新酒》（*le cadavre – exquis – boira – le vin nouveau*）。

另一场重要的团体创作发生在1940年，当时布勒东和他的超现实主义伙伴们有维夫里多·拉姆、马克斯·恩斯特、雅克利娜·兰巴·布勒东、奥斯卡·多明格斯、维克多·布劳纳、安德烈·马松和雅克·埃罗尔德，正在法国的海边小镇马赛试图获得去往美国的签证，以逃离纳粹占领的欧洲。为了打发时间，布勒东提议大家以各自崇拜的人物或崇尚的信仰为主题设计一套卡牌。

—

黑色锁头代表知识，黑色星星代表梦想，

红色轮盘代表变革，红色火焰代表爱情。

—

传统卡牌里的皇室成员头像被淘汰，取而代之的是超现实主义人物，如埃莱娜·史密斯、洛特雷阿蒙伯爵、梦游仙境的爱丽丝、弗洛伊德，等等。人物角色由天才、海妖和术士取代了原先的国王、王后和骑士。卡牌的花色也重新设计了——代表知识的黑色锁头，代表梦想的黑色星星，代表变革的红色轮盘和代表爱情的红色火焰。该设计首次出现在 *VVV* 杂志的第2期和第3期上（纽约，1943年3月）。1983年，格里莫（Grimaud）在巴黎把它们制成了一副纸牌（参阅第19页），取名为"马赛牌"。

安德烈·布勒东、瓦伦丁·雨果、保尔·艾吕雅和努施·艾吕雅

《精致的尸体》，1934年，蜡笔纸画，31厘米×24厘米
艺术与历史博物馆，塞纳-圣但尼

安德烈·布勒东在1948年的展览目录《精致的尸体及其提升》（*The Exquisite Corpse, Its Exaltation*）中写道："我们任由'精致的尸体'继续发展——终于，一种放飞心灵的创作方式诞生了，它将理性的判断抛去，让我们尽情释放，想象那充满隐喻的潜力。"

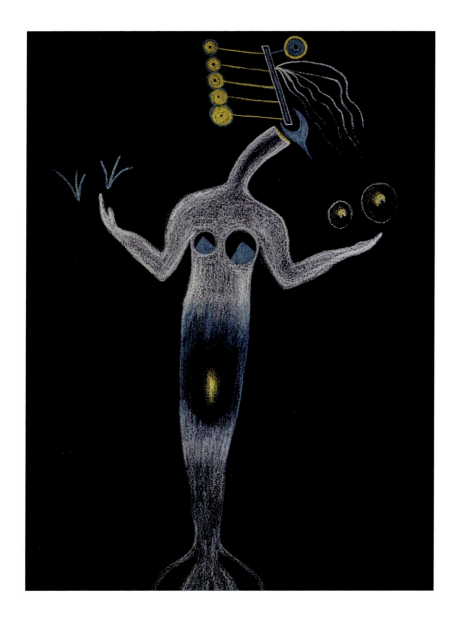

幻想与梦境

与自动化技法创作表现出来的抽象特征完全不同的是，它是用具象手法表现梦境的超现实主义流派。在 20 世纪 20 年代末，超现实主义的方向发生了转变，更倾向于对幻想的描绘，比如萨尔瓦多·达利、勒内·马格里特和伊夫·唐吉等人的画作中出现的看似现实、实则不合逻辑的场景，他们都受到意大利画家乔治·德·基里科神秘的超自然艺术的影响。（参阅第 16—17 页）

—

达利用出人意料的并置，

以现实主义的手法呈现出幻觉中的景象。

—

作为一名自我营销的天才，达利那两撇抹了蜡且被精心修饰过的八字胡成了他的标志。不论是他的艺术创作，还是他的行为方式及言谈举止都成为超现实主义的象征。他将自己的创作手法称为"多疑的批判活动"，从而"使混乱自成体系，帮助人们对现实世界提出彻底的质疑"。达利的"手绘梦境照"（hand-painted dream photographs），用出人意料的并置，以现实主义的手法呈现出幻觉中的景象，以此探索他的恐惧和欲望。

《记忆的永恒》（*The Persistence of Memory*，参阅第 102—103 页）虽是一幅小型油画，却在达利的艺术生涯乃至整个超现实主义艺术史中占据着重要的地位。这幅画连接了梦境与现实，化熟悉为陌生，展现了他标志性的流体钟表。它们躺在一片广袤的荒野中，而这片荒野的原型正是达利加泰罗尼亚住所附近的一处悬崖。画作先在巴黎展出，又于 1931 年在康涅狄格州的哈特福德的沃兹沃斯艺术博物馆展出，之后又分别于 1932 年、1933 年在纽约的朱利恩·莱维画廊展出。1934 年，这幅画被纽约现代艺术博物馆购入。该画作广受欢

伊夫·唐吉

《既非传说，亦无人物》（*Neither Legends nor Figures*），1930 年，布面油画，81.6 厘米 ×65.1 厘米
梅尔尼尔私人收藏博物馆，休斯敦

唐吉精心地绘制了这幅梦幻世界的图景。它那行云流水的画面和奇特的地势，被认为是源于他童年时期到布列塔尼度假时见到的史前巨石的记忆，以及 1930 年去突尼斯旅行时见到的非洲风光。

次页图
萨尔瓦多·达利

《记忆的永恒》，1931 年，布面油画，24.1 厘米 ×33 厘米
现代艺术博物馆，纽约

这幅画确实一直留存在人们的记忆里，已经被改编成多个版本，如《芝麻街》《神秘博士》《辛普森一家》等。

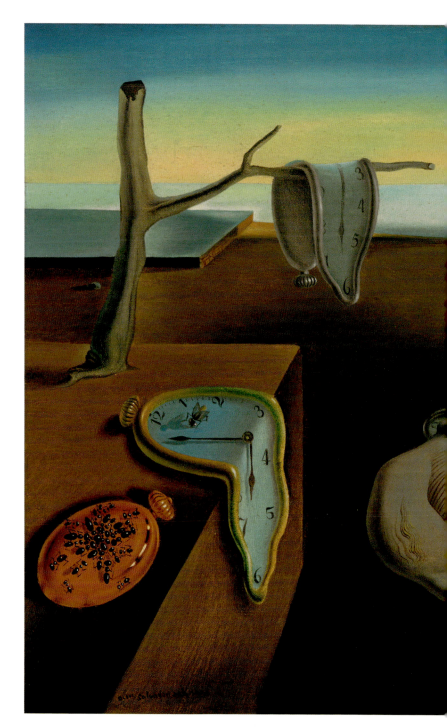

迎，使达利成为最负盛名的超现实主义艺术家之一。

如果说达利的作品描绘的是他的潜意识，相比之下，唐吉那标志性的催眠景象和地质形态则把潜意识想象成现实中真实存在的地方，他描绘的自然场景介于现实和想象之间。（参阅第 100 页）1925 年，唐吉在巴黎见到布勒东，立即成为他的追随者。布勒东亲切地称唐吉为"我可爱的朋友……不管是天上还是地下，都难得一见的优雅画家"。

与此同时，勒内·马格里特则通过作品断言，现实世界和内心的潜意识世界一样，同样为美提供了源源不断的资源。马格里特对物体、图像和语言之间的关系很感兴趣。视觉和语言文字、意识和无意识的连接丰富了意义的层次，同时使它们之间的联系成为可能。他的作品聚焦在视觉的作用上，即智力和情感是如何铸就我们对现实世界的感知，并最终质疑我们所看到的现实世界。

马格里特的风格很容易让人联想到美国的巴斯特·基顿，其目的是让"日常生活中的物品大声尖叫"。他的作品颇受超现实主义者的喜爱，尽管他本人十分排斥作品被精神分析理论解读："真正的绘画艺术是构想并实现那些可以给观众纯粹的、外部世界观感的画作。"马格里特所展现的外部世界充满了矛盾、错位、谜团和奇怪的并置。

马格里特作品的影响力，来自他刻意使用传统的绘画技法描绘非理性的画面。马格里特在 1940 年解释道："创作时，我会用一种完全客观的方式，让物体以现实中的本来面目呈现……但我会把它们置于日常生活中从不会出现的场景里。"作品《错愕的时间》（*Time Transfixed*，参阅对页图）便践行了他的这一观点。这幅作品是马格里特为超现实主义赞助人爱德华·詹姆斯的舞厅绘制的，展现了也许是有史以来最离奇的火车脱轨事件，画面令人难忘：1898 年，发生在巴黎蒙帕尔纳斯火车站的一场事故，一列火车穿过站台的墙

勒内·马格里特

《错愕的时间》，1938年，布面油画，147厘米×98.7厘米
芝加哥美术馆，芝加哥

马格里特说："我决定画一个火车头……为了让它有神秘感，我特意引入了另一个最日常、最不神秘的元素——餐厅的壁炉。"在这里，壁炉变成了一个隧道，一个喷着蒸汽的火车头从隧道里冲了出来。在这幅画中，蒸汽是给画面增添动态感的唯一元素，很好地诠释了布勒东的"突然而无法控制的美"中的"固定-爆发"这一特性。

壁，撞向下面的街道。

　　超现实主义这个实验室孕育出广泛的艺术风格和创作技法，从达利的华丽挑战到马格里特的安静颠覆。尤其是达利和马格里特在他们的一生中都取得了成功，受欢迎的程度只会持续增长。超现实主义创作涉及各个领域，在下一章中我们将详细介绍。

――――

关键词

奇怪的并置，诡异的梦境，模棱两可，视觉之谜，玩味标题和画面，擅用视觉和文字的双关，恐惧和欲望主题，实验性技巧

超现实主义创作形式

—

我穷尽一生都在反抗世俗陈规，

试图为日常生活带来一抹色彩、一线光亮和一丝神秘感。

—

艾琳·阿加

1988 年

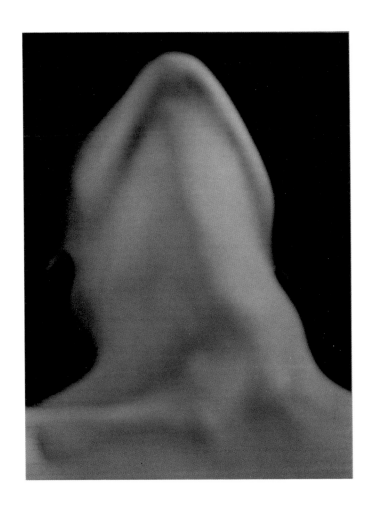

超现实主义者以极大的热忱追寻美,他们在机缘巧合中寻找,在神秘的现成物中寻找,并且通过创作诗歌、绘画、照片和物品堆叠以展示现实的另一重境界。艺术家们运用超现实主义的主题、方法与技巧,改变了绘画、雕塑、摄影、电影和设计,试图彻底改变人们的生活方式。

曼·雷

《解剖》(*Anatomies*),1929年,明胶银版画,22.6厘米×17.2厘米

现代艺术博物馆,纽约

从主题和创作技巧上来说,这是一幅典型的超现实主义作品。这张照片呈现了一个性别模棱两可的形象。照片中女模特的颈部和下巴意外地构成一个类似男性器官的形象。这种主题和弗洛伊德理论的关联显而易见:喉咙处于这种充分暴露且极其脆弱的姿势,象征着对斩首和阉割的恐惧。

摄影

美国艺术家曼·雷是第一位超现实主义摄影师,其他包括德国的汉斯·贝尔默、匈牙利的布劳绍伊、美国的李·米勒和弗雷德里克·萨默、比利时的保罗·努基和拉乌尔·乌巴克,还有法国的雅克-安德烈·布瓦法尔、克劳德·卡恩和多拉·马尔。摄影是一个绝好的媒介,运用暗室操作、特写和出人意料的并置等技法,能够将现实中的超现实画面剥离出来。摄影兼具文献和艺术的双重身份,更强化了超现实主义的"现实世界充满了色情元素和超现实的巧合"这一论断。

在 20 世纪二三十年代的巴黎,不论是在大众文化还是高雅文化领域,曼·雷都是一个中心人物。他游走于巴黎先锋艺术和商业摄影这两个看似不可兼容的领域,并取得了成功。他的作品经常被专业杂志和大众期刊刊载,从《风尚》(*Vogue*)和《名利场》(*Vanity Fair*)到《作为革命工具的超现实主义》《超现实主义革命》《变体》《米诺陶》等。对于超现实主义和时尚界而言,女性模特被物化了,她们被构建、被操纵,打破了生与死的界限。

——

曼·雷的摄影作品将女性刻画成既美丽又危险的性感尤物。

——

曼·雷作品中的裸体都来自与他关系密切的女性(比如蒙巴纳斯的吉吉和李·米勒),然而在众多照片中,摄影家

对模特的私人迷恋逐渐上升为对女性身体及其在艺术中的色情化的痴迷。曼·雷的摄影作品不是性格研究，而是物品研究。它们揭示了他对文字游戏的热衷，而面具和模特的使用都让女性被刻画成既美丽又危险的性感尤物。

　　曼·雷作品中的女性不管是可怕的还是完美的，共同的特点都是性感且极具异域风情。他的摄影作品风靡欧美，对于打破高雅艺术和大众艺术、时尚与文化之间的壁垒有着非凡的意义。曼·雷认为，大众文化是源源不断的宝藏，也是揭露现实的有力工具。

保罗·努基

《物体的诞生》，1930年，照片，40厘米×30厘米
马歇尔摄影博物馆（Huis Marseill），阿姆斯特丹

这张照片选自《图像的颠覆》系列，照片中，努基将有趣的"怪诞"意味和语言交织在一起。努基的好友马格里特的作品也有这种特点。这张照片中位于右二的即是马格里特。

克劳德·卡恩

《我伸出双臂》，1932 年，照片，
10.7 厘米 ×8.2 厘米
泽西博物馆，圣赫利尔

在这张充满表现意味的照片里，
一个石头和人的混合体被赋予了
生命，像僵尸一样向前伸出双臂。

一

努基的摄影作品揭开了身边日常物品那奇异的、

令人惊讶的神秘面纱。

一

　　另一组超现实主义摄影的典型代表作是比利时诗人保
罗·努基于 1929 年 12 月至 1930 年 2 月间拍摄的《图像的
颠覆》（*Subversion of Images*）系列，该系列一共有 19 张夸张
的照片，揭开了身边日常物品那奇异的、令人惊讶的神秘
面纱。

　　克劳德·卡恩同样因夸张的拍摄手法著称，比如创作于

多拉·马拉

《佯装者》（*The Simulator* or *The Pretender*），1936年，明胶银版画，29.2厘米×22.9厘米
旧金山现代艺术博物馆，旧金山

马拉在1934—1937年与超现实主义者往来密切。其间，她创作了多幅引人注目的合成照片，就包括这张曾在1936年伦敦"国际超现实主义博览会"上展出的照片。照片中，她将一张倒置的拱顶照和一个男孩的照片合二为一。只需想象一下这个倒置的空间就足以令人不适了，仔细看会发现男孩的眼睛居然被挖掉了，这更增强了人的不适感。

112

1932 年的《我伸出双臂》（*I Reach Out My Arms*，参阅第 111 页）。同年，她在巴黎见到了布勒东，他们立刻成了朋友。她开始积极投身超现实主义运动，直到 1937 年定居到泽西的海峡岛。和布勒东一样，卡恩也拥有超群的才能，他们彼此欣赏，对心理学有着同样的热爱，同样积极投入政治革新和艺术。在卡恩的《我伸出双臂》中，有个人（可能就是卡恩本人）藏在大石头的后面，从石头上的洞里伸出一只胳膊，营造出一幅滑稽可笑的石头人的超现实主义画面。

20 世纪 30 年代末，拉乌尔·乌巴克创作了一系列复杂的合成照片，展现出神话中的亚马孙女王彭忒西勒亚（Penthesilea）挣扎的画面（参阅下图）。他的创作过程非常复杂，先以他的妻子和朋友为模特，摆拍出不同的照片。然后再将这些照片进行多次"中途曝光"，即将不同元素拼接

拉乌尔·乌巴克

《彭忒西勒亚之四》（*Penthésilée IV*），1937 年，明胶银版画，29.85 厘米×40.96 厘米
旧金山现代艺术博物馆，旧金山

比利时艺术家乌巴克活跃在 20 世纪 30 年代末的超现实主义运动中，其摄影作品经常出现在《米诺陶》杂志上。

起来，重新拍摄，再进行"中途曝光"。他还运用了另一种叫作"石化"（petrification）的创作技法，即将图像稍稍错位（不完全重合）后再粘在一起。这样图像就有了景深的效果，像浮雕一样。

1941 年，美籍意大利摄影家弗雷德里克·萨默在加利福尼亚见到了曼·雷和马克斯·恩斯特。萨默为超现实主义杂志《视野》和 VVV 贡献了很多摄影作品，他还是 1947年巴黎"国际超现实主义展"上唯一的摄影师。

电影

电影是另一种被超现实主义变革的媒介，传统的叙事手法被令人震惊的荒诞画面和奇怪的并置所取代，用以表现不合逻辑的梦幻状态。由法国先锋派导演热尔梅娜·迪拉克拍

弗雷德里克·萨默

《美勋》（*Medallio*），1948 年，明胶银版画，19.2 厘米×24.3 厘米
弗雷德里克·萨默基金会，普雷斯科特

在这张怪异的照片中，一个玩偶的头被固定在木板上，其中一部分沾满了正在剥落的油漆，使得玩偶的头和背景看起来似乎融为一体。分辨不出这目视前方的玩偶到底是要从木头里出来，还是刚陷入其中。

路易斯·布努埃尔和萨尔瓦多·达利合作执导

《一条安达鲁狗》，1929年上映，明胶银版画，10.8厘米×13.3厘米
费城艺术博物馆，费城

电影的开场是全片最恐怖的画面之一——一个男人正用刀片划开女子的眼球。

摄的《贝壳与僧侣》（*Seashell and the Clergyman*，1927年）被誉为第一部超现实主义电影，它改编自法国诗人安托南·阿尔托的剧本。尽管阿尔托对电影颇有微词，认为它梦呓般的叙事手法过于直白，其他人却认为很震撼。迪拉克在这部电影中首创了表现幻觉场景的拍摄手法，之后该手法被运用在更著名的超现实主义电影中，比如由西班牙艺术家路易斯·布努埃尔和萨尔瓦多·达利合作执导的影片《一条安达鲁狗》（*Un Chien andalou*，拍摄于1928年，参阅上图）。

布努埃尔和达利最大限度地运用慢镜头、错位、蒙太奇等技术，创作出一部令人极其不安的影片。影片内容基于他们各自的梦境：布努埃尔梦到一朵云穿过月亮，就像"剃须刀的刀片划过眼球"一样；达利则梦到一只上面爬满了蚂蚁的手。令他们意想不到的是，这部短短的默片在巴黎首映后竟然获得极大的认可。电影的观众中就包括巴黎的超现实主义者们，随即邀请布努埃尔和达利加入他们的行列。1929年12月，《一条安达鲁狗》的电影剧本发表在《超现实主义革命》杂志当年的最后一期。后来，他们在合作拍摄的第二部电影《黄金时代》（*The Golden Age*，1930年）中为噩梦般的画面配了声音。

—

达利见到了沃尔特·迪士尼，

开始着手为短片《命运》收集素材。

—

超现实主义的表现手法最初出现在仅以先锋派受众为对象的电影中，后来逐渐在主流电影中流行起来。例如，新西兰富有实验精神的艺术家兼电影制作人莱恩·里创作的《当馅饼打开时》（*When the Pie Was Opened*，1941年），一部由政府资助的超现实主义电影，主要讲述了战时英国推行配给制下的烹饪。达利将超现实主义带到了好莱坞，为美国电影导演阿尔弗雷德·希区柯克于1945年拍摄的惊悚电影《爱德华大夫》（*Spellbound*，参阅对页图）贡献了一组如梦似幻的镜头。在希区柯克拍摄这部电影期间，达利见到了沃尔特·迪士尼，开始着手为短片《命运》（*Destino*）收集素材。但由于成本剧增，该项目被搁置了，直至1993年这些素材才被发现，于2003年完成并发行上映。

雕塑

瑞士艺术家阿尔贝托·贾科梅蒂创作了一系列技艺超群的超现实主义雕塑作品，比如铜塑《被割喉的女人》（*Woman with Her Throat Cut*，1932年），表现了一具类似昆虫的、被肢解的女性身体，以及《双手攫住虚空》（*Hands Holding the Void*，参阅第118页）。这两件作品都将女性的身体刻画成

非人性化的、危险的。《双手攫住虚空》融合了两种对于许多超现实主义者来说至关重要的意象：去人性化的面具，以及交配时杀死雄性并将其"斩首"的雌性螳螂。严格来讲，《双手攫住虚空》中那个奇异而哀伤的人物可能是"女杀手"，代表了对女性和死亡的恐惧，以及危险的性所带来的兴奋感。布勒东曾在著作《疯狂的爱》中称这部作品对他而言"表现了爱与被爱的渴望"。

其他以超现实主义雕塑著称的艺术家分别是：法德双重国籍的让·阿尔普、罗马尼亚的雅克·埃罗尔德、美国的戴维·黑尔、巴西的玛丽亚·马丁斯（玛丽亚）、西班牙的霍安·米罗和英国的亨利·摩尔。20 世纪 40 年代，玛丽亚塑造的具有异域风情的亚马孙"女神和魔鬼"的形象在纽约吸引了布勒东的注意。在她塑造的所有亚马孙女性主题的作品中，最知名的当属《绝无可能》(*The Impossible*，参阅第 120 页)。

阿尔贝托·贾科梅蒂

《双手攫住虚空》，1934年，石膏像，156.2厘米×34.3厘米×29.2厘米

耶鲁大学艺术画廊，纽黑文

贾科梅蒂在金属模具里铸造了这尊雕像的面部，这个模具是他从巴黎的一个跳蚤市场淘来的。多拉·马尔为这尊雕像拍摄的照片被布勒东收录在著作《疯狂的爱》中。

让·阿尔普

《嫩芽花环1》（Garland of Buds I），
1936年，石灰岩雕像，49.1厘米
×37.5厘米
佩吉·古根海姆艺术收藏馆，威
尼斯

前达达主义艺术家阿尔普是早期
超现实主义的关键人物，于1925
年参加了巴黎举办的第一场超现
实主义展览。他以不同生物形态
的雕塑著称，比如图中的作品，
他曾这样评价："我之所以参加
超现实主义展览，是因为我觉得
超现实主义艺术家对待'艺术'
的桀骜不驯和对待生命的直率充
满了智慧，就像达达主义一样。"

和《双手攫住空虚》一样，这件作品也展现了爱与被爱时遇
到的挑战。这件雕塑由一男一女组成，他们伸出双手想要拥
抱彼此，却被头部生出的尖触须和爪牙阻挡。1947年，玛
丽亚在巴黎举办的"国际超现实主义博览会"上展出了两件
雕塑作品，《绝无可能》就是其中之一。

物品

物品是另一种颇受超现实主义者欢迎的雕塑形式，许多
超现实主义艺术家都进行了创作。利用从二手店或旧货市场
淘来的物品或低廉材料，物品被组合在一起，将拼贴画不同
寻常的并置变得立体起来。艺术家们坚信，将物品从日常环

玛丽亚·马丁斯

《绝无可能》系列之三，1946年，
铜塑，80厘米×82.5厘米×53.3
厘米
现代艺术博物馆，纽约

"我知道，我的缪斯女神和我都知道，对
你们而言，我塑造的怪物总是充满肉欲，
野蛮残忍。"马丁斯在1946年如是写道。
对于作品《绝无可能》，她说："世界总
是复杂而又伤感的——人与人之间的相
互理解近乎绝无可能。"这件作品是《绝
无可能》系列版本中的其中一个；马丁
斯用不同材质制作了多个尺寸的版本。

120

马塞尔·让

《加德尼亚的恐惧》，1947年（原版作于1936年），用黑布、拉链和胶卷做成的石膏头像，35厘米×17.6厘米×25厘米
私人藏品

1936年，让用他在巴黎的跳蚤市场找到的材料制作了这件雕像的第一版，被拉链拉上的眼睛让人深感不安。1936年，该作品被展出在纽约的"奇妙的艺术：达达和超现实主义展"上。

境中剥离出来，可以让我们从一个全新的角度审视它们——尽管它们看上去都很奇怪，以达到再次为之着迷的境界。这种方式将毫不相关的材料整合到一起，有效地制造出偶然的效果。创作过程中，许多有创意的、古怪的混合物不仅代表自身，还与其他物品产生了新的关联，因为它们被转化成了雕塑，比如马塞尔·让创作的《加德尼亚的恐惧》（*Spectre of the Gardenia*，参阅下图）。

1923年，曼·雷制作了他著名的节拍器的第一个版本——《坚不可摧之物》（*Object to Be Destroye*，参阅第122页），

曼·雷

《坚不可摧之物》（又名《即将毁灭之物》），1964年复制（原版作于1923年），一只眼睛的照片被附在节拍器的摆锤上，22.5厘米×11厘米×11.6厘米
现代艺术博物馆，纽约

1923年，曼·雷这样描述他的第一版节拍器："画家需要观众，因此我在节拍器的摆臂上附了一只眼睛的照片，制造出一种作画时有人在看我的错觉。"

并在上面附了一只眼睛的照片，以便他作画时与之保持联系。关于这件作品，他解释道：

> 它的节奏打得越快，我画得也就越快；如果节拍器停下，我就会意识到自己画太久了……直到有一天，我没有跟随节拍器的节奏，其间的那种寂静让我忍无可忍，因为我曾预感到它将是"毁灭之物"，于是就把它砸成了碎片。

十年后，曼·雷又做了一个节拍器，这次照片上的眼睛是李·米勒的（他俩刚分手不久）。曼·雷在这件作品中道出了他的心碎：

> 将曾经相爱、如今却不再相见之人的眼睛从照片上剪下来，把它附在节拍器的摆杆上，再调整摆锤至想要的节拍的位置。然后，不停地画画，直至忍无可忍。最后举起手，瞄准，一击命中，将其击碎。

这件作品在 1957 年被一群抗议达达主义展览的学生毁坏。作为对他们的回应，曼·雷又重做了一个，并命名为《坚不可摧之物》（*Indestructible Object*）。他断言这件作品将会永久留存下去："我想尽办法把它做得坚不可摧，也就是说，它能够被轻易复制。"

1935 年，布勒东在布拉格举行了一场关于"物品的超现实主义现状"的演讲，他认为，这些新形式"有助于所有感官的系统性错乱，这种错乱最初由兰波提出，后被超现实主义者用来不断地重构世界的秩序。我们应该毫不犹豫地让感觉迷乱"。这场演讲结束后，专门展出这类作品的展览接踵而至，其中最引人注目的是 1936 年 5 月在巴黎夏尔·拉东画廊举办的"超现实主义物品展"（Exposition surréaliste

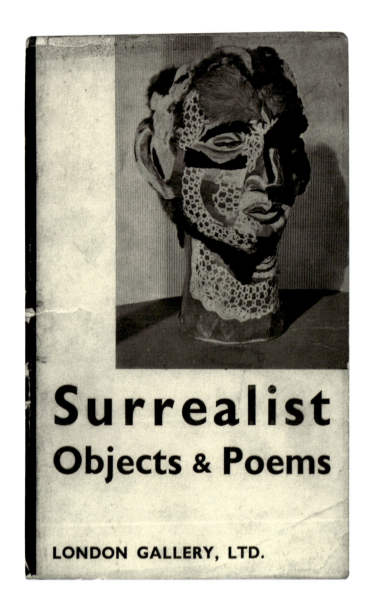

Surrealist
Objects & Poems

LONDON GALLERY, LTD.

d'objets）、1937 年 11 月在伦敦画廊举办的"超现实主义物品和诗歌展"，以及 1938 年 1 月至 2 月期间在巴黎美术画廊举办的"国际超现实主义展"。

装置

从超现实主义展览中萌发的装置概念成为整个展览中最富创造性的构想。在 1938 年巴黎美术画廊举办的展览以及 1939 年的纽约世界博览会上，人们的各种感觉确实是困惑的。在 1939 年的展览上，萨尔瓦多·达利的装置作品《维纳斯的梦》（*Dream of Venus*，参阅第 126—127 页）将超现实主义带到了大众面前。达利通过建筑、声音和表演（还有一个水族馆）将自己的水下幻想展现出来。维纳斯的梦境舞台被设置在水下，由半裸美女扮演的美人鱼在水里游来游去。

—

观众从一个鱼头造型的售票厅买票，

然后穿过两个女人的腿进入展厅内部。

—

首先，观众需要从一个外观看上去像是鱼头造型（似乎在向舍瓦尔的《理想中的宫殿》致敬）的售票厅买票，然后穿过两个女人的腿进入展厅内部。进去后，观众们便可以看到各种物品以及梦幻般的家具被摆放在以达利标志性画作为墙纸的房间里，比如创作于 1931 年的《记忆的永恒》（参阅第 102—103 页）。此外，还有之前一些作品的全新版本，如在 1938 年巴黎"国际超现实主义展"上展出的《雨中出租车》（参阅第 57 页）。在这次的版本中，出租车的顶部多了一个美人鱼和维纳斯。维纳斯睡在一条 11 米长的红色绸缎上，被她生动的梦境所环绕。其中一张照片展示了维纳斯身边的一面镜子，镜子里映出一个头戴玫瑰花的女人，这无疑是对 1936 年伦敦"国际超现实主义展"中"超现实主义

萨尔瓦多·达利

*《维纳斯的梦》展厅入口,纽约
世界博览会,1939 年*

达利的展厅就是他的"超现
实主义宫殿",在这里,他将超现
实主义的感性和情色元素引入
了建筑。

马塞尔·杜尚

《十六英里的丝线》，1942 年，
装置景观的明胶银版画（作者
为约翰·D.希夫），18.6 厘米
×24.6 厘米
费城艺术博物馆，费城

这是杜尚为"首批超现实主义文
献展"创作的装置，该展览由法
国救济协会协调委员会主办，于
1942 年 10 月 14 日至 11 月 7 日在
纽约的怀特劳·里德宅邸举行。

幽灵"的美好回忆。

马塞尔·杜尚是一位集策展、主持才能于一身的艺术家典范，细致入微地为自己及他人的作品策划装置。1942年，杜尚为纽约"首批超现实主义文献展"创作了一个装置：一块块贴有超现实主义画作的展板被迷宫般错综复杂的丝线环绕着。这个装置被命名为《他的缠绕》[*His Twine*，又名《十六英里里的丝线》（*Sixteen Miles of String*），1942年]，要求观众积极主动而非被动地观看作品。这个创意来自1938年的展览，当时的观众不得不带着手电筒，而且需要凑得非常近才能看清那些作品。

—

孩童的嬉戏为展览带来了一丝派对的气氛。

—

在1942年展览的开幕式上，杜尚聚集了一群孩子，他们穿梭于丝线的迷宫中，嬉戏打闹，玩着各种游戏，如跳房子、打棒球、抛接子、跳绳、打篮球，等等。这些游戏元素的注入，可以让观众停下脚步，思考这个如猫爬架般的装置并没有成为障碍，而是为展厅增添了几分趣味。对我来说，这一情景让我想起我（美国）家族的几代人在孩子生日派对上玩的暖场游戏。派对宾客来到一个挂满彩带的房间里，每位宾客都会接过彩带的一端，循着这条彩带，他们越过家具，穿过人群，最终到达彩带的另一端，并获得一个奖励。杜尚的装置及孩童的嬉戏无疑为这次展览带来了一丝派对的气氛，同时也让许多流亡纽约的超现实主义艺术家被大众熟知。

这些将戏剧化手法运用于艺术环境的尝试，让人重新审视"艺术是如何呈现的以及如何体验艺术"等问题，对之后的艺术和艺术创作产生了极大的影响。

超现实主义的传承

尽管超现实主义诗意而理性的诉求没有被领悟，但它的意象却激发了观众的想象。它那奇特的并置以及古怪的、如梦似幻的意象，渗透到艺术的方方面面，从意大利艾尔莎·斯基亚帕雷利（Elsa Schiaparelli）的高端时尚设计，到应用艺术、橱窗展览以及为一些诸如伦敦交通局和壳牌公司等机构和企业做的广告。

斯基亚帕雷利与许多超现实主义艺术家都合作过，从他们身上获得了很多灵感，其中包括曼·雷、毕加索、达利和艾琳·阿加。1936—1937 年，她设计了一双黑色仿麂皮手套，并用红色的蛇皮装点指甲。（参阅第 132 页）如果愿意的话，也可以把它们戴在头上，这样就变成了她另一件作品的一部分——她和英国超现实主义艺术家艾琳·阿加合作的《手套式帽子》（*Glove Hat*，1936 年）。如果你喜欢鞋子，有斯基亚帕雷利和达利合作的《鞋子式帽子》（*Shoe Hat*，1937 年）。她与达利合作设计了一系列极具夸张色彩的晚礼服，如《龙虾裙》（*Lobster Dress*，1937 年），以及创作于 1938 年的《骷髅裙》（*Skeleton Dress*）和《泪滴裙》（*Tears Dress*，上面的图案看上去像剥了皮的肉，参阅第 133 页）。

—

为生活中的日常物品赋予一种意想不到的奇妙魅力。

—

奥斯卡·多明格斯将一辆独轮手推车改装成了一张缎面躺椅（参阅第 136 页），曼·雷曾用它做道具，为一个穿着晚礼服的模特拍摄照片。在曼·雷拍摄的这张照片中，躺椅为生活中的日常物品赋予一种意想不到的奇妙魅力，同时也给高端时尚带来一丝荒诞之意。该照片于 1937 年发表在超现实主义杂志《米诺陶》上。

达利还和他的主要赞助人、英国超现实主义诗人爱德

艾尔莎·斯基亚帕雷利

《女子手套》(*Woman's Glove*)，
1936—1937 年，由黑色仿麂皮和
红色蛇皮制成的手套，23.8 厘米
×8.6 厘米
费城艺术博物馆，费城

这副手套的灵感来自毕加索参照
曼·雷于 1935 年拍摄的一张手
部照片所绘的画作，照片中的手
看上去像一副手套。

艾尔莎·斯基亚帕雷利和达利

《泪滴裙》，1938年，带切口和
贴花的印花绸纱，前衣长44.8
厘米，后衣长105.4厘米
费城艺术博物馆，费城

达利与斯基亚帕雷利
合作设计了这件想象
中的泪滴晚礼服。

萨尔瓦多·达利

《龙虾电话机》，1938年，塑料
和金属，20.96厘米×31.12厘米
×16.51厘米
明尼阿波利斯美术馆，明尼阿波
利斯

这件超现实主义的经典作品是达
利、詹姆斯和英国室内设计师希
里·毛姆三人合作的《（白色）
龙虾电话机》系列中的一个版本。
毛姆因其纯白的设计风格著称。
另一个系列是首创于1936年的
红色龙虾听筒搭配黑色电话机。

华·詹姆斯合作，创作了一系列物品和家具。1934 年，达利和詹姆斯在西班牙相遇，很快两人就结下了深厚的友谊并成为亲密的合作伙伴。他们一起创作了著名的《龙虾电话机》[Lobster Telephone，又称《催情电话机》(Aphrodisiac Telephone)，参阅第 134—135 页] 和《梅·韦斯特唇形沙发》(Mae West Lips Sofa，1938 年)。达利通过一系列媒材进行创作，不过他所有的作品中都有一个共性，即一种引人注目的联想力，比如龙虾和电话，他对此解释为"那是一种非理性知识的自发方法"。

阿根廷艺术家、设计师兼作家莱昂诺尔·菲尼也设计了超现实主义风格的家具，比如创作于 1939 年的《紧身内衣椅》(Corset Chair) 和《类人衣橱》(Anthropomorphic Wardrobe，参阅第 137 页)，并于当年 7 月在巴黎新落成的德鲁安艺术画廊 (Drouin Art Gallery) 举办的首次装饰艺术展上展出。1942 年，奥地利裔美国建筑师弗雷德里克·基斯勒设计了佩吉·古根海姆在纽约的本世纪艺术画廊的室内装饰及其中

奥斯卡·多明格斯

《独轮手推车 1 号》(Wheelbarrow no. 1)，1937 年前，由木头、毛毡和绸缎制成的独轮手推车，53 厘米 ×153 厘米 ×61 厘米
巴黎现代艺术博物馆，巴黎

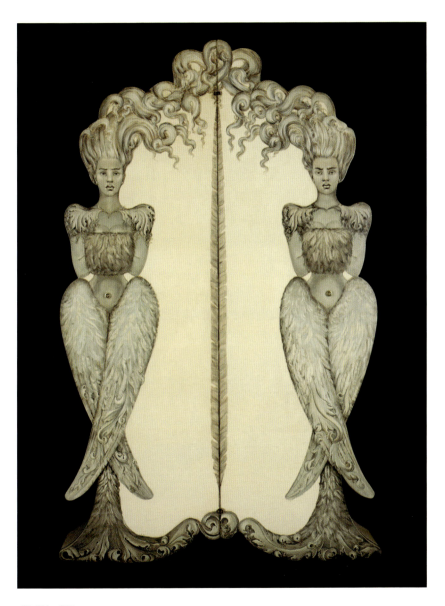

莱昂诺尔·菲尼

《类人衣橱》，1939年，木版油画，
219.7厘米×144.8厘米×31.8里面
温斯坦画廊，旧金山

菲尼于1932年迁居
巴黎并加入超现实
主义者的行列。

的家具。他的《多功能椅》（*Multi-use Chair*，参阅下图）可坐可躺，也可用来陈列展品。意大利设计师皮耶罗·弗纳塞提将超现实主义引入意大利，并把超现实主义元素广泛运用于陶瓷、玻璃、家具和纺织品创作中。弗纳塞提在 20 世纪 50 年代创作的《亚当和夏娃》（*Adam and Eve*）系列瓷盘包括十二只瓷盘，每一只都展现了人体的不同部位。20 世纪 50 年代初，他在美国举办了作品巡回展，很快便以大胆的黑白图案装饰设计蜚声海外。

与此同时，爱德华·詹姆斯也将他痴迷的超现实主义带到了墨西哥雨林。1945 年，在一次前往墨西哥的途中，詹姆斯被带到了希利特拉（Xilitla）——一个坐落于高高的东马德雷山上的小山村，后来他在那里创作了他的超现实主义天堂——"泉"（*Las Pozas*），一个真实与幻觉交织在一起的大型环境装置，由 36 个加固的混凝土结构搭建而成，美

弗雷德里克·基斯勒

《多功能椅》，1942 年，橡木和油地毡，84.8 厘米×39.7 厘米×88.9 厘米
照片系 1942 年拍摄于佩吉·古根海姆在纽约的本世纪艺术画廊

基斯勒为这些形状各异的椅子设想了十八种不同的功用。

爱德华·詹姆斯

《竹之宫殿》（*Bamboo Palace*，
位于超现实主义环境装置"泉"
内），1962—1984 年
在墨西哥希利特拉的热带雨林
中，由36个加固的混凝土结构
搭建而成，占地20英亩（约0.08
平方千米）。

拱门、高耸的圆形石柱和雕塑与
无数鲜花和郁郁葱葱的植物融为
一体。达利评价詹姆斯"比所有
超现实主义者加起来还要疯狂"，
因为他竟然在这个环境装置中圈
养了一批野生动物。

丽的热带雨林植物环绕虬结其中，郁郁葱葱。尽管詹姆斯在
1962—1984 年的这二十多年，斥巨资五百多万美元打造这
个钢筋水泥的超现实主义幻境，但仍没能完成。

　　艺术家和设计师运用超现实主义技法展示了一个非传
统的想象世界。他们恢复了惊奇、神秘和游戏的力量，以
便艺术家和观众都能享受它那惊心动魄的、让人眼花缭乱的
荣耀。

主要媒介

文学，绘画，摄影，雕塑，应用艺术，时尚，广告，电影，环境，装置，舞
台设计

超现实主义革命

—

超现实主义也许会逗你开心，也许会令你震惊，

抑或让你感到愤慨，

但有一件事毋庸置疑，就是你无法对它视而不见。

—

安德烈·布勒东的"什么是超现实主义"中的宣传语

1936 年

"二战"后的超现实主义

德热·科尔尼什

《恶魔》（*The Devil*），1947年，布面油画，129厘米×50.5厘米
私人藏品

1945—1948年，科尔尼什创作了一系列画作，表现的多是半人半兽的形象，色彩明快、富有节奏感的条纹使得这些生物栩栩如生。他通过这些画向战后时代发起了挑战。

超现实主义盛行于20世纪二三十年代，第二次世界大战带来了新的恐惧和暴行，致使整个欧洲分裂成东欧和西欧。战后涌现出一批超现实主义新团体，艺术家们再次探索一种方法，以拯救满目疮痍的欧洲，疗愈伤痕累累的人类。

1945年，"欧洲学派"（European School）在匈牙利的布达佩斯成立，该学派旨在保护艺术的新发展，架设连接东欧和西欧的桥梁，成员包括玛吉特·安娜、安德烈·巴林特、贝拉·巴恩和德热·科尔尼什等人。他们在宣言中宣布："我们要建立一个重要的欧洲学派，重塑生命、人类和社会三者的关系。"例如，科尔尼什从作曲家贝拉·巴托克和艺术家巴勃罗·毕加索那里寻求创作灵感："他们一个通过音乐实现了人类和欧洲主义的连接，一个通过美术实现了这种连接。音乐和美术这两种艺术形式都试图表达最深层的现实，包括生命中的美好和丑恶。"

匈牙利艺术家拉约什·沃伊道也是战前超现实主义的一位重要代表人物。"欧洲学派"在三年间共组织了38场展览，数量十分惊人，参展的艺术家包括罗马尼亚、捷克斯洛伐克和奥地利的多位超现实主义者。法国超现实主义者马塞尔·杜尚在此期间住在布达佩斯，成为该学派的名誉会员，促进了"欧洲学派"与法国超现实主义团体的交流。1947年，杜尚还促成巴恩和巴林特参加了布勒东在巴黎举办的战后第一次超现实主义展。尽管1948年"欧洲学派"遭到官方的斯大林主义文化政策的禁止被迫解散，一些成员仍然会秘密会面。

在英国，超现实主义活动逐渐在伯明翰兴起，以康罗伊·马多克斯为代表，其他艺术家包括埃米·布里奇沃特和德斯蒙德·莫里斯，他们致力于振兴英国的超现实主义。身为动物学家、民族学家和艺术家的莫里斯被超现实主义吸

次页图
德斯蒙德·莫里斯

《三个跳跃的生物》（*The Jumping Three*），1949年，布面油画，77.3厘米×127.1厘米
伯明翰博物馆和美术馆，伯明翰

1950年，在比利时超现实主义者梅森斯组织的一场展览中，莫里斯和霍安·米罗的超现实主义画作被一同展出，这是他第一次参加伦敦的展览。在那之后，他创作了2500多幅超现实主义画作，执导了两部超现实主义电影。他的作品以精细的梦境画面著称，里面生活着抽象的生命形态。

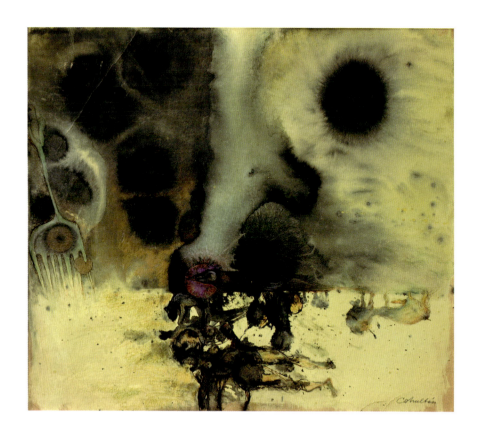

引，这是他年轻时反抗恐怖战争的一部分：

C.O.胡尔滕

《想象的龙卷风》(*Tornado of Imaginations*)，1948年，水粉和混合媒介，58厘米×66厘米私人藏品

> 我必须奋起反抗，但我的反抗不应是毁灭性的——毕竟我反抗的是大规模的暴力和仇恨，因此我的反抗是一种正面的、积极的行为……我的艺术抗争避开了已有的传统艺术形式，将我与超现实主义者紧密联系起来。

不同于"二战"前斯堪的纳维亚的多数超现实主义者具象的创作，胡尔滕及其同伴借用自动主义技法，实现了一种更抽象、更富表现力的超现实主义表达形式。这是一幅典型的想象主义画作——激动人心、意味深远、狂野不羁且富于想象。

莫里斯于1948年迁居伯明翰，他写道："以画家康罗伊·马多克斯的家乡为中心成立一个蓬勃发展的超现实主义团体。'画家'一词或许不足以概括马多克斯的一生——他既是理论家、活动家，又是小册子制作者、作家，同时还是艺术家——总之，他是一位真正的超现实主义者。"伯明翰的超现实主义者与欧洲的超现实主义团体有着密切联系。

1947 年，马多克斯和布里奇沃特参加了布勒东在巴黎举办的战后第一次超现实主义展。

1945 年，C.O.胡尔滕、安德斯·奥斯特林和马克斯·瓦尔特·斯万贝里在瑞典的马尔默成立了"想象主义"派。该流派强调想象在创作过程中的重要性，他们运用多种超现实主义风格和手法，如拓印法、拼贴法、移画印花法和黑影摄影法。对斯万贝里来说，想象主义是基于不断展开的画面，通过吸引观众进入视觉和想象的思维，逐步使其震惊。

1947 年，"想象主义"派创办了自己的出版社——图像出版社（Image Förlag），并出版了胡尔滕的拓印画册《树叶之手生发的梦》（*Dreams Out of the Hands of the Leaves*）。该画册是瑞典出版的第一部艺术家的著作。1947 年，胡尔滕在巴黎见到了布勒东和其他超现实主义者，并参观了舍瓦尔的

弗雷德里克·基斯勒

"神秘殿堂"的概念图，1947 年，用钢笔、黑墨水和不透明水彩在油画板（cream board）上作画，37.8厘米×50.5厘米
费城艺术博物馆，费城

身为建筑师和艺术家，基斯勒极富远见卓识。1947 年，马塞尔·杜尚和安德烈·布勒东在巴黎的玛格画廊举办了"国际超现实主义展览"，基斯勒专门为此打造了"神秘殿堂"。

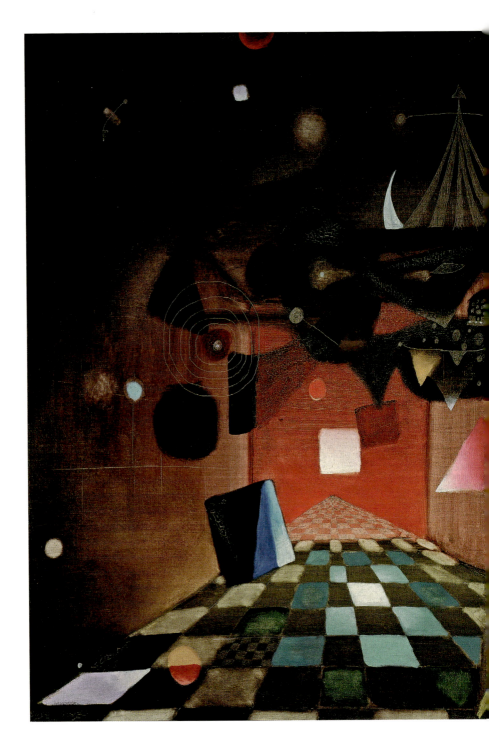

安东尼·塔皮埃斯

《帕拉法拉格慕斯》
（*Parafaragamus*），1949年，
布面油画，89厘米×116厘米
安东尼·塔皮埃斯基金会美
术馆，巴塞罗那

塔皮埃斯自1948年加入"七
面体"派后，对超现实主义、
精神分析及科学产生了浓厚
兴趣。他的超现实主义创作
一直持续到1952年，后来逐
渐转向更抽象的艺术创作。

《理想中的宫殿》，这件作品给他留下了深刻的印象。1949年，"想象主义"派参加了在斯德哥尔摩的阿勒比博览会（Expo Aleby）上举办的超现实主义展览，其间还展出了其他国际超现实主义者的作品，如丹麦的威廉·弗雷迪，罗马尼亚的维克多·布劳纳和雅克·埃罗尔德，法德双重国籍的让·阿尔普，德国的马克斯·恩斯特以及法国的伊夫·唐吉。该流派于1956年宣告解散。

—

"七面体"派着迷于潜意识、隐秘的事物和魔法。

—

1948年，由作家和艺术家组成的"七面体"（seven-sided die）派在西班牙的巴塞罗那成立，其成员包括霍安·布罗萨、莫德斯特·库萨特、霍安·庞斯和安东尼·塔皮埃斯。他们想要复兴刚刚遭受了西班牙内战重创的加泰罗尼亚的当代艺术。他们的创作受到达达和超现实主义的启发，特别是霍安·米罗和保罗·克利。1948年，塔皮埃斯见到米罗，两人很快建立了终身友谊。"七面体"派着迷于潜意识、隐秘的事物和魔法，一直活跃到1956年。艺术家们创办了一份同名杂志以此传播他们的思想和作品，该杂志用加泰罗尼亚语、西班牙语和法语三种文字出版。

超现实主义重返巴黎

1946年，安德烈·布勒东回到巴黎，发起了新一轮的超现实主义运动。然而，他发现这些运动遭到前成员的抨击，如特里斯坦·查拉及新兴的存在主义先锋派的领导者——哲学家让-保罗·萨特。萨特谴责超现实主义有一种"愚蠢的盲目乐观"。尽管如此，大型的超现实主义展览仍于1947年、1959年在巴黎举行。

一

布勒东想要使艺术获得创造性的重生：

一种基于神秘和神话思想的艺术。

一

战争流亡期间，布勒东一直在研究魔幻艺术和神秘主义，毕生都在寻求奇迹及其普遍的象征意义。他想利用创造的能量和神秘的魔法使艺术获得创造性的重生——一种基于神秘和神话思想的艺术。1947 年，巴黎举办的"超现实主义返乡展"便体现了这一重点。在这次展览中，布勒东试图通过阐释一个关于魔法和艺术的"新神话"，以此展示超现实主义与战后新现实的持续相关性。

布勒东和马塞尔·杜尚在玛格画廊（Galerie Maeght）举办了"国际超现实主义展"，展出了来自24个国家的87位艺术家的作品，主要是为了展现超现实主义运动持续不断的国际化和巨大影响力。在展览目录册的引言中，布勒东写道："超现实主义与文学艺术中另一种永恒的传统有着千丝万缕的联系。"目录册上的第一幅图是海地画家、伏都教牧师赫克托·希波利特的作品。1945 年，布勒东和维夫里多·拉姆造访海地，他们被希波利特画作中那如梦似幻的特质吸引，因此将他带进了超现实主义的阵营。

在这之前，布勒东和杜尚曾于 1938 年（巴黎）、1942年（纽约）合作筹备过展览。他们设计了一个复杂的装置，将观众带入超现实主义的"新神话"。在奥地利裔美籍建筑师兼艺术家弗雷德里克·基斯勒的帮助下，画廊变成了由一个个房间组成的迷宫，呈现出一种庄重的仪式感。基斯勒将这个设计称为"魔力建筑"（magic architecture），一个可以在梦境和现实之间进行转换的环境。他还指导了展览的安装工作，编排了一个完整的观光路线。

第一阶段是登上一个拔地而起的塔罗牌楼梯，台阶看起

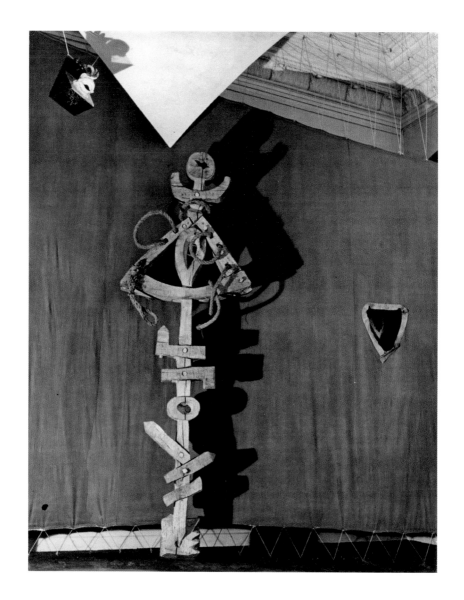

弗雷德里克·基斯勒

《万种宗教之图腾》，1947年，木头和绳子，1947年威利·梅沃德（Willy Maywald）在玛格画廊的"国际超现实主义展"上拍摄的照片，285.1厘米×86.6厘米×78.4厘米

基斯勒的第一件雕塑作品高达274厘米，创作的初衷是试图保护所有宗教免遭偏见。

来就像超现实主义"理想图书馆"里的书脊。一个旋转的微型灯塔从上面的平台向下投射光亮，指引参观者进入基斯勒打造的"神秘殿堂"（Hall of Superstitions）。这个洞穴似的空间的墙面上覆盖着深绿色的布，并被黄色和蓝色的灯光照亮。房间里满是诡异的物品和奇异的艺术品，比如地上是马克斯·恩斯特的画作《黑湖》（*Black Lake*），其他还有美国艺术家戴维·黑尔的《痛苦的人》（*Anguished Man*）、霍安·米罗的《神秘的瀑布》（*Cascade of Superstitions*）、基斯勒的《万种宗教之图腾》（*Totem for All Religions*，参阅对页图）以及意大利裔美籍艺术家恩里科·多纳蒂的《邪恶之眼》（*The Evil Eye*）——一个高挂在墙上的、令人毛骨悚然的雕塑。

观众领略了这里的恐怖景象后，往前便来到杜尚的"雨屋"（Rain Room）。这间展厅的整体风格是纯净清新的，里面有彩色的人工雨幕，地上是人造草坪，一张上面陈列着玛丽亚·马丁斯的雕塑《绝无可能》（参阅第 120 页）的台

恩里科·多纳蒂

《邪恶之眼》，1947 年，混合媒介，24.8 厘米 ×28.9 厘米 ×17.8 厘米
费城艺术博物馆，费城

多纳蒂这件诡异的眼睛雕塑挂在展厅的墙上，以一种特殊的视角向下注视着前来参观的人。照片背面展示了它是如何被安装在基斯勒的雕塑上的（左上角）。

雅克·埃罗尔德

《洞见》，1947—1964年，塑料雕塑，
183厘米×92厘米×53厘米
蓬皮杜中心，巴黎

布勒东是埃罗尔德的超级粉丝，
他曾说："雅克·埃罗尔德，他
那沾满了磷的手指，掠过放射虫
的森林。雅克·埃罗尔德，他是
每一滴露珠中的樵夫。"

球桌，以及拉姆、米罗等艺术家的作品。这间展厅无一处不透露着一丝幽默和趣味性。继续往前，来到杜尚设计的《启发式迷宫》（*Labyrinth of Initiation*）展厅，由罗马尼亚艺术家雅克·埃罗尔德创作的宏伟壮观的真人比例的雕塑《洞见》（*The Great Transparent One*，参阅对页图）陈列在入口处。埃罗尔德在 1938 年加入了巴黎的超现实主义团体，应布勒东的请求创作了这件雕塑。这件雕塑的创作基于布勒东的一个概念，即生活在我们周围的隐形生物，"只有当我们感到恐惧或意识到事物的偶然性时，它们才会奇迹般地显现在我们眼前"。

　　这间展厅里有 12 个八角形壁龛的祭坛，每一个祭坛都是一位艺术家以一件神奇的物品或动物和黄道十二宫中的一个星座而设计。其中一个上面摆放着罗马尼亚艺术家

维克多·布劳纳

《狼-桌》，1939—1947 年，木头、部分填充狐狸标本，54 厘米 ×57 厘米 ×28.5 厘米
蓬皮杜中心，巴黎

这张"咆哮"桌子的灵感来自布劳纳的一幅画，画的是一张桌子上隐约显现出一只狂怒的狐狸。

维克多·布劳纳的《狼－桌》（Wolf-table），专为此次展览而作。布劳纳于 1933 年加入了巴黎的超现实主义团体。他的这个混合体——由咆哮狼的部分身体和家具的部分组件构成——首次出现在他创作于 1939 年的两幅画作《魔力》（Fascination）和《心理学空间》（Psychological Space）中。布勒东建议布劳纳将其改造成一个立体物品，以参加 1947 年的展览。最后一间展厅是一个收藏有书籍、图片和纪念品的小型"图书馆"。

此次展览大获成功——吸引了近四万名观众，尽管仍有许多批评家视其为超现实主义运动走向衰落的开端。1948 年，一场规模略小于此次展览的艺术展分别在捷克斯洛伐克的布拉格和智利的圣地亚哥举行。

—

这种对文字的玩弄基于观众潜意识里的认知：

乳房和艺术品通常是不允许触碰的。

—

不出所料，目录册本身就是一件极具挑衅性的艺术作品。这本只印了 999 册的限量版刊物，有着十分特别的封面。该封面由多纳蒂和杜尚设计，他们先在黑色天鹅绒上贴上泡沫和橡胶乳房（或称"假乳房"），然后再把它们粘到封面的纸板上，并附上"Priere de Touche"（请抚摸）的标题。这种对文字的玩弄基于观众潜意识里的认知——乳房和艺术品通常是不允许触碰的。（参阅对页图）

1942 年，多纳蒂在纽约见到布勒东和杜尚。布勒东称其为超现实主义者，说道："我爱恩里科·多纳蒂的画作，正如我爱五月的某个夜晚一样。"多纳蒂后来回忆道：

我当时还是个孩子……但布勒东让我加入了超现实主义团体。突然间，我身边围满了艺术巨匠——马克斯·恩斯

恩里科·多纳蒂和杜尚

《请抚摸》，1947 年，图书封面拼贴作品，泡沫、橡胶、颜料、丝绒和卡纸板粘在可拆卸的书封上，23.5 厘米 ×20.5 厘米
费城艺术博物馆，费城

多纳蒂回忆他和杜尚在制作这个封面的辛苦过程时的对话："我说，我从没想过自己厌倦处理这么多乳房，杜尚则回答道：'也许这正是这件作品的真谛啊。'"

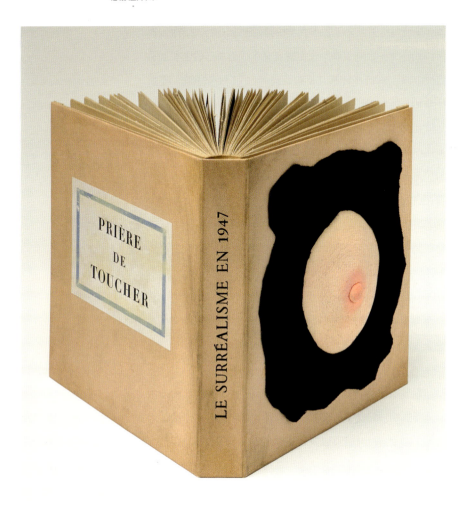

特、唐吉及其他艺术大师。我和马塔是这个不可思议的团体中最年轻的成员，但这不妨碍我们和大师们友好相处。

超现实主义的遗产

1959—1960 年，在巴黎的丹尼尔·科迪耶画廊举办的"国际超现实主义博览会上，超现实主义不再是集中组织的世界运动，而是一个由个别团体和个人自发组成的松散联盟，其中包括美国青年艺术家罗伯特·劳申伯格、贾斯培·琼斯和路易丝·内维尔森。超现实主义在战后举办的这些展览饱受非议，人们评价其"正在走向衰亡""过分乐观，不关注政治""一味地追求时髦，迎合中产阶级的口味"，等等。尽管如此，超现实主义仍对后来的艺术形式以及大众的审美取向产生了举足轻重的影响。超现实主义者试图将日常物品的"奇妙"转化为一种共享的公共语言，这成为包括内维尔森在内的众多艺术家的重要灵感源泉。从 20 世纪 50 年代中期起，内维尔森开始创作一系列黑木风景雕塑，所用木材是她从纽约的大街小巷搜罗来的，其中的代表作有《中国乡景》（*Chinese Landscape*，参阅对页图）。

—

和超现实主义者一样，"哥布阿"派追求的也是解放潜意识，

去除艺术中的说教成分，逃离战后一片狼藉的社会。

—

超现实主义的理念和技法对战后的诸多艺术运动产生了重要影响。它那讲求自发性和自动性的创作理念，被认为启发了杰克逊·波洛克以及其他抽象表现主义和非具象艺术派艺术家。更不用说其他诸如垮掉派、新达达派、新现实主义派和激浪派的艺术家们，他们都借鉴了超现实主义的戏剧性天赋，将日常生活中的"奇妙"和实践相结合。

荷兰艺术家卡雷尔·阿佩尔和丹麦艺术家阿斯格·约恩的创作均受益于超现实主义。（参阅第 160—161 页和第 162 页）他们也是"哥布阿"派的成员，一个主要由北欧艺术家组成的国际团体。成员们在 1948—1951 年联合起来，致力于向大众推行一种表达现实的恐怖和幽默的新艺术。"哥布阿"这个名字取自于团体成员家乡城市名的第一个字母——哥本哈根（Copenhagen）、布鲁塞尔（Brussels）和阿姆斯特丹（Amsterdam）。和超现实主义者一样，他们追求的也是解放潜

路易丝·内维尔森

《中国乡景》，1959 年，木头和颜料，130.8 厘米 ×57.5 厘米 ×8.9 厘米
明尼阿波利斯美术馆，明尼阿波利斯

内维尔森会收集废弃的木头浮雕，并给它们涂上一样的颜色，通常是黑色或白色。

卡雷尔·阿佩尔

《嘿！嘿！万岁！》（*Hip, Hip, Hoorah!*），1949 年，布面油画，81.7 厘米×127 厘米
泰特现代美术馆，伦敦

阿佩尔刻意模仿儿童和民间艺术的神态和感觉，以捕捉它们自由表达的率真。他称这幅画里那些色彩明快的混种生物为"夜之人"（people of the night）。他体会到艺术自由带给他的荣耀光环："某些奇妙的事情正在发生。我创作了这幅画，我说：'嘿！嘿！万岁！'"

阿斯格·约恩

《无题》(*Untitled*),1954年,陶瓷,
32.5厘米×26厘米×4厘米
阿斯格·约恩捐赠,锡尔克堡

在创作这件作品时,正是约恩对
陶瓷和建筑实验各种材料和空间
的时期。他试图重新解读北欧民
间文化的各个方面,以反映他所
生活的时代。

妮基·德·桑法勒

《世界（第21张塔罗牌）》[*The
World*（*tarot card no. XXI*）]，
1989年, 高5米, 由金属丝网、铁、
混凝土、马赛克镜面和彩色玻璃
创作而成
塔罗牌花园（1998年）, 佩夏
弗伦蒂纳, 托斯卡纳

法裔美籍艺术家桑法勒在20世纪50年代后期至
60年代成为新现实主义的一员。与超现实主义一
样, 他们是一个松散的艺术家团体, 由不同背景
和国籍的人组成, 但大家对艺术和生活的态度是
相同的。1978年, 桑法勒开始意识到自己对基于
塔罗牌意象的雕塑环境有着创造性的想象力。她
将雕塑、建筑、自然、诗歌和叙事（当然还有一
点魔幻）结合起来, 打造了一个全新的世界, 而
不仅仅是一个雕塑花园。

草间弥生（Yayoi Kusama）

《无限镜屋之阳具原野》（Infinity Mirror Room–Phalli's Field），1965年，装置和混合媒介
卡斯特兰美术馆，纽约

日本先锋艺术家草间弥生（图中即是她本人）对镜子的使用始于1965年。镜子帮助她实现"重复"，这是她作品中尤为突出的一个特点，通过重复来探索无限之境和超凡脱俗的世界。在她创作的多个《无限镜屋》中，观众仿佛置身于一个万花筒。在这个万花筒里，被无数次地反射，并无数次地重现在一个奇异的世界里。比如在这张照片中，草间弥生打造了一个充满软雕塑阳具的世界，并以她标志性的波点装饰这些阳具。人全部感官将被一种虚幻的神奇体验打乱——那种感觉妙不可言！

意识，去除艺术中的说教成分，逃离战后一片狼藉的社会。

马格里特和达利那精巧布局的超现实主义表达和诡秘的幽默感，深刻影响了波普艺术和超现实主义（Super-realism）。而超现实主义对现成物品的运用、对装置的兴趣以及对"展览"这一概念的整体诠释，自它诞生之日起一直是无数艺术家探索的对象。超现实主义的国际化视野，创造了一个"想象中的祖先博物馆"，以及其对乐观的拥抱和悲观的摈弃，都是该运动不断发展的重要因素。

截至 1966 年布勒东去世时，超现实主义已在流行文化和高雅文化中留下了不可磨灭的印记，"超现实"一词也成为日常生活和词典中的一部分。在得知好友去世的消息后，杜尚说：

> 我从没见过有谁比他拥有更博爱的力量。布勒东的爱如心跳般自然。如果你没有意识到他这样做是为了保护他对生命的那份热爱，呵护生命中的"美"，就无法理解他的仇恨。在一个以娼妓为信仰的世界里，他偏要追寻爱情，他就是这样一个执着的人。

关键语录

布勒东及其同伴的那种彻底的、崇高的和独特的精神，他们对待生命和世界的整体态度，以及伴随而来的坚定信念和挑战精神，这一切成就并解放了我，让我逐渐沉浸在一种喜悦中，而这种喜悦是如今的年轻人无法轻易体会到的。

——雅克利娜·兰巴，1974 年

我们什么都不是，只不过是一小拨傲慢的知识分子，在咖啡馆里无休止地争论，出了一本杂志而已。少数理想主义者在实际行动中极易产生分歧。就我个人而言，在超现实主义运动中度过的兴奋但不混乱的三年，彻底改变了我的生活。

——路易斯·布努埃尔，1982 年

超现实主义作品从来都不能被定性。它不仅是一种探索……也是一种斗争……我将继续探索超现实主义，直到生命的最后一刻。

——康罗伊·马多克斯

超现实主义哲学的影响给我们留下了深刻的印象，我们都被它施了魔法。

——德斯蒙德·莫里斯

谢天谢地，超现实主义者崇尚幽默感——爱开玩笑，一切都是那么生动，与众不同。

——艾琳·阿加，1988

主要馆藏

罗兰塞克火车站的阿尔普博物馆（Arp Museum Bahnhof Rolandseck），雷马根，德国

阿尔普基金会，克拉马，法国

芝加哥美术馆，芝加哥，伊利诺伊州，美国

蓬皮杜中心，巴黎，法国

达利戏剧博物馆，菲格雷斯，西班牙

法利画廊（Farleys House & Gallery），齐丁利（Chiddingly），萨塞克斯，英国

霍安·米罗基金会，巴塞罗那，西班牙

戈维特布鲁斯特美术馆／莱恩·里中心，新普利茅斯，新西兰

兵库县立美术馆，神户，日本

以色列博物馆，耶路撒冷，以色列

亚努斯·帕诺尼乌斯博物馆，佩奇，匈牙利

泽西博物馆和美术馆（C. 卡恩），圣赫利尔，开曼群岛

马克斯·恩斯特博物馆，布吕尔，德国

梅尼尔私人收藏博物馆，休斯敦，得克萨斯州，美国

大都会艺术博物馆，纽约，纽约州，美国

明尼阿波利斯美术馆，明尼阿波利斯，明尼苏达州，美国

梅杰尔白艺术博物馆，哈尔姆斯塔德，瑞典

康蒂尼美术博物馆，马赛，法国

马格里特博物馆，布鲁塞尔，比利时

巴黎现代艺术博物馆，巴黎，法国

现代艺术博物馆，墨西哥城，墨西哥

索菲亚王后国家艺术中心博物馆，马德里，西班牙

贝拉多收藏博物馆，里斯本，葡萄牙

博伊曼斯•范伯宁恩博物馆，鹿特丹，荷兰

现代艺术博物馆，纽约，纽约州，美国

加拿大国立美术馆，渥太华，加拿大

保罗·德尔沃博物馆，圣伊德巴尔德，比利时

佩吉·古根海姆艺术收藏馆，威尼斯，意大利

费城艺术博物馆，费城，宾夕法尼亚州，美国

（爱德华·詹姆斯）的"泉"，希利特拉，墨西哥

勒内·马格里特博物馆，布鲁塞尔，比利时

萨尔瓦多·达利博物馆，圣彼得斯堡，佛罗里达州，美国

圣保罗现代艺术博物馆，圣保罗，巴西

苏格兰国立现代美术馆，爱丁堡，英国

史密森尼美国艺术博物馆，华盛顿特区，美国

所罗门·R.古根海姆博物馆，纽约，美国

泰特现代美术馆，伦敦，英国

特纳里夫艺术空间，圣克鲁斯-德特内里费，特内里费岛，加那利群岛

国家美术馆的交易会宫，布拉格，捷克

拉约什·沃伊道博物馆，圣安德烈，匈牙利

沃兹沃斯艺术博物馆，哈特福德，康涅狄格州，美国

耶鲁大学艺术画廊，纽黑文，康涅狄格州，美国

术语表

抽象表现主义（Abstract Expressionism）：20 世纪四五十年代活跃于美国的艺术流派，其成员包括威廉·德·库宁、杰克逊·波洛克和马克·罗思科。他们认为艺术的真正主题是人的内心情感，并使用动作、色彩、形状和质地来表达他们的表现力和象征意义。

应用艺术（Applied art）：通过设计和装饰功能性物品，使其兼具艺术性和功能性，包括玻璃、陶瓷、纺织品、家具、印刷品、金属制品和壁纸。

艺术装饰风格（Art Deco）：20 世纪二三十年代的艺术和设计运动，其特点是使用简化的形式、大胆的图案和强烈的色彩。它丰富的想象力捕捉到"咆哮的二十年代"的精髓，并为人们提供了逃离 20 世纪 30 年代经济大萧条的现实出口。

非具象艺术（Art Informel）：一个在欧洲用于形容绘画表现手法抽象的名词，它从 20 世纪 40 年代中期至 50 年代末占据了国际艺术界的主导地位。

组合（Assemblage）：一种组合雕塑艺术，区别于传统上使用模型和雕刻的雕塑，通常包含非艺术材料，被认为是拼贴画的立体形式。

自动化（Automatism）：一种自发的写作或绘画方法，作家或艺术家在创作时不刻意地去思考他们在做什么。

先锋派（Avant-garde）：领先于同时代的人——有实验性、创新性和革命性。

垮掉派艺术（Beat Art）："垮掉的一代"包含了 20 世纪 50 年代美国各地的众多先锋派作家、视觉艺术家和电影制作人。他们蔑视随波逐流的实利主义，拒绝忽视美国生活中的阴暗面。

燎烤法（Brûlage）：（又称为燃烧或熏烤，burning 或 singeing）由拉乌尔·乌巴克发明的一种影像创作技法。具体做法是在冲印前将乳胶置于一锅开水上方融化，然后放在曝光了的底片上。

精致的尸体（Cadavre exquis）：（或写作 exquisite corpse）一种合作式的写作或绘画方式。一个人先在一张纸上书写或画画，然后将纸条折起来（看不到里面的字）传给下一个人，接到纸条的人在上面添加一些内容再接着往下传。超现实主义艺术家通过此方法达到一种集体无意识状态，并创造出随机的并置效果。

拼贴（Collage）：一种创作技法，将现实存在的不同材料混合在一起，并粘在平整的表面上，以此创作艺术作品。

达达（Dada）：一场国际化的跨学科艺术运动，它在"一战"期间发展起来并延续到战后。当时年轻艺术家们联合起来表达他们对战争的愤怒。他们运用讽刺、反语、游戏和双关等方式向社会现状发起挑战。

移画印花（Decalcomania）：（to transfer 意为转移）一种被超现实主义者广泛使用的绘画方法。在一张纸上涂上颜料，在颜料未干时，将另一张纸压在上面。之后，在颜料未完全晾干时揭下上面的纸，就会显现出一幅转印画。

存在主义（Existentialism）：战后欧洲最流行的哲学思想。它假定人类世界没有任何先前存在的道德或宗教系统来支持和引导人类。一方面，人类被迫意识到自己的孤独以及存在的无用与荒谬；另一方面，人类又可以自由地定义自己，用一切行动重塑自己。

激浪派（Fluxus）：活跃于 20 世纪五六十年代的一个无政府主义的、有趣的、实验性的国际艺术团体。激浪派艺术家寻求艺术与生活的紧密结合，并以一种更民主的方式创作、接受和收藏艺术。

现成物品（Found object）： 人造的、天然的非艺术品或材料，被艺术家发现，然后将其融入艺术品或特定艺术品的创作中。

自由联想（Free association）： 在不过滤或影响一个人的反应下，不假思索地说出脑海中的第一反应（文字或图像）。该方法用于精神分析领域，以达到无意识的状态。

拓印（Frottage）： （又称为摩擦，rubbing）将纸铺在粗糙不平的平面上，用铅笔或蜡笔在纸上擦拭，就会显露出妙趣横生的图案。

熏画法（Fumage）： （烟，smoking）一种使用蜡烛的烟来"画出"形状的技法。用烛火在画纸或画布上迅速掠过，留下炭黑色的印记，之后再由艺术家处理这些印记。

擦画法（Grattage）： （又称刮擦，scraping）将涂满颜料的画布铺在粗糙不平的平面上，然后刮掉颜料，画布上就会呈现出有趣且令人意想不到的图案。

偶发艺术（Happening）： "突然产生的事物，或由偶发事件构成的艺术。" 1959 年美国艺术家阿伦·卡普罗如是定义。偶发艺术结合了戏剧和行动绘画的元素。

装置（Installation）： 一种与周围空间相互作用而成的混合媒介结构或环境，并将观众融入其中。

魔幻现实主义（Magic Realism）： 一种在 20 世纪 20 年代至 50 年代盛行于美国和欧洲的绘画风格。作品的特点是通过模糊的视角和奇怪的并置，对具有神秘和魔幻色彩的现实场景进行细致、近乎摄影般的渲染。

宣言（Manifesto）： 公开发表的意图、使命和愿景。

形而上学的绘画（Metaphysical painting）：乔治·德·基里科在 1913 年左右开创的绘画风格。运用扭曲的视角和不协调之物的并置创作出富有神秘气息且令人不安的画面。

现代主义（Modernism）：现代主义认为艺术应该反映时代的信念。一批又一批现代主义艺术家打破了自文艺复兴以来教授的古典传统，尝试不同的艺术创作方式。在视觉艺术中，现代主义彻底改变了对艺术对象的构思和感知方式。

新达达派（Neo-Dadaists）：20 世纪 50 年代末至 60 年代，一群年轻的美国实验派艺术家的作品引发了激烈的争议。对于罗伯特·劳申伯格、贾斯培·琼斯和拉里·里弗斯来说，艺术应该是广阔的、包容的，要用非艺术材料，接纳平凡的现实，颂扬流行文化。

新现实主义者（Nouveaux Réalistes）：一群欧洲艺术家，包括伊夫·克莱因，丹尼尔·施珀里、让·丁格利和阿尔芒（Arman）等人。1960 年，法国艺术评论家皮埃尔·雷斯塔尼使用不同寻常的材料。

黑影照片（Photograms）：指早些时候不用相机而产生的照片，通常是将物体直接放在感光纸上并将其暴露在室外的光线下形成。

波普艺术（Pop Art）：20 世纪 50 年代兴起的一场流行的国际艺术运动，在 20 世纪 60 年代达到顶峰。艺术家们对流行文化兴趣浓厚，试图利用广告、大众媒体和日常生活中的图像作为创作的素材和主题。

精神分析（Psychoanalysis）：由西格蒙德·弗洛伊德创立的一系列理论和技术，用于研究无意识的思维，以便深入了解和治疗心理健康问题。

实物投影照片（Rayographs）：将物品直接置于胶片上，然后在不使用相机的情况下曝光，用此方法产生的照片。

现成物（Readymade）：由马塞尔·杜尚命名，用来指那些极少或根本未经加工的物品，这些现成物常被艺术家用于艺术创作或展览。

浪漫主义（Romanticism）：18 世纪末至 19 世纪初的国际知识分子运动，崇尚想象力、个性表达和主体性的力量。尤为强调人的心理、强烈的情感和自然的力量。

超现实主义（Super-realism）：一种别具一格的绘画和雕塑风格，在 20 世纪 70 年代的美国尤为重要。超现实主义的多数画作是复制照片，许多雕塑则是借助人体模型完成。

象征主义（Symbolism）：1886 年，兴起于法国的国际运动。艺术家主张艺术的真正主题应该是情绪和情感的内心世界，而不是外部的表象世界。为了有心理冲击的效果，梦境、幻象、神秘体验、玄妙的事物、情色和乖张都是频繁出现的普遍主题。

伏都教（Vodun）：海地的一种以仪式和魔法为基础的宗教，融合了非洲传统宗教和罗马天主教的各个方面。

1921 年

· 曼·雷偶然发明了"实物投影法"。

1924 年

· 巴黎：随着《超现实主义宣言》和《超现实主义革命》的出版，安德烈·布勒东发起超现实主义运动。

· 超现实主义研究所成立。

· 雅克－安德烈·布瓦法尔、马克斯·恩斯特、曼·雷、安托南·阿尔托、安德烈·马松和霍安·米罗成为第一批超现实主义者。

1925 年

· 巴黎：超现实主义的首场展览——"超现实主义画展"于 11 月 13 日零点在巴黎的皮埃尔画廊开幕。展览展出了乔治·德·基里科、汉斯·阿尔普、马克斯·恩斯特、保罗·克利、曼·雷、安德烈·马松、霍安·米罗、巴勃罗·毕加索和皮埃尔·罗伊等艺术家的作品。

· 布勒东等人发明了"精致的尸体"的创作技法。

· 马克斯·恩斯特创作出第一幅拓印画。

· 伊夫·唐吉加入超现实主义团体。

1926 年

· 巴黎：超现实主义画廊开张，展出了"曼·雷的图片和岛上的物品"。

· 比利时的布鲁塞尔：比利时超现实主义团体成立。

1927 年

· 热尔梅娜·迪拉克执导了第一部超现实主义电影《贝壳与僧侣》。

· 安德烈·马松创作了第一批沙画系列作品。

1928 年

· 安德烈·布勒东出版了《娜迦》和《超现实主义和绘画》。

· 萨尔瓦多·达利和路易斯·布努埃尔合作执导了电影《一条安达鲁狗》。

1929 年

· 巴黎："超现实主义的第二次宣言"在《超现实主义革命》杂志上发表。

· 斯堪的纳维亚：丹麦和瑞典引入超现实主义。

· 马克斯·恩斯特创作了第一部拼贴画小说。

· 曼·雷和李·米勒偶然间发明"中途曝光"法。

· 李·米勒、萨尔瓦多·达利和路易斯·布努埃尔加入超现实主义团体。

1930 年

· 巴黎：萨尔瓦多·达利和路易斯·布努埃尔合作的第二部电影《黄金时代》在蒙马特电影院的 28 号演播室放映。之后，该电影被禁止上映。

· 阿尔贝托·贾科梅蒂加入超现实主义团体。

1931 年

· 美国康涅狄格州哈特福德的沃兹沃斯艺术博物馆举办了"新超现实主义"展览，这是美国第一场大规模超现实主义展览。

1932 年

· 克劳德·卡恩加入超现实主义团体。

1933 年

· 艾琳·阿加、梅雷特·奥本海姆和维克多·布劳纳加入超现实主义团体。

1934 年

· 比利时布鲁塞尔：布鲁塞尔艺术宫举办了"米诺陶艺术博览会"，这是首个汇集全欧洲超现实主义作品的大型展览。

· 捷克斯洛伐克的布拉格：捷克斯洛伐克的超现实主义团体成立。

· 汉斯·贝尔默、多明格斯和多拉·马尔加入超现实主义团体。

1935 年

· 丹麦的哥本哈根："立体主义 – 超现实主义展览"在丹·弗里当代艺术中心举办。

· 捷克斯洛伐克的布拉格："国际超现实主义博览会"在马内斯画廊举办。

· 特内里费岛的圣克鲁斯 – 德特内里费："全球超现实主义展"在圣克鲁斯博物馆举办。

· 沃尔夫冈·帕伦加入超现实主义团体。

1936 年

· 巴黎："超现实主义物品展"在夏尔勒·拉东画廊举办。

· 伦敦：英国超现实主义团体成立。"国际超现实主义展"在新伯灵顿画廊举办。

· 纽约："奇妙的艺术：达达和超现实主义展"在现代艺术博物馆举办。

· 多明格斯首创"移画印花"法。

· 沃尔夫冈·帕伦发明"熏画"法。

1937 年

· 巴黎：安德烈·布勒东出版《疯狂的爱》。

· 伦敦："超现实主义物品和诗歌"展在伦敦画廊举办。

· 日本："海外超现实主义作品巡回展"陆续在东京、大阪、京都和名古屋举办。

· 罗伯托·马塔、雷梅迪奥斯·瓦罗和莉奥诺拉·卡灵顿加入超现实主义团体。

1938 年

· 巴黎："国际超现实主义博览会"在巴黎美术画廊举办。

· 雅克·埃罗尔德加入超现实主义团体。

1939 年

· "二战"爆发后，为了躲避纳粹政权的迫害，欧洲超现实主义者开始了去往美国和墨西哥的逃亡之旅。

· 埃及开罗：艺术与自由团体成立。

1940 年

· 罗马尼亚布的布加勒斯特：罗马尼亚超现实主义团体成立。

· 墨西哥的墨西哥城："国际超现实主义博览会"在墨西哥艺术画廊举办。

· 维夫里多·拉姆加入超现实主义团体。

1940—1945 年

· 众多欧洲超现实主义者在美国和墨西哥避难。

1942 年

· 纽约："首批超现实主义文献展"在怀特劳·里德宅邸举办。

1943 年

· 纽约："31 位女性艺术家展览"在佩吉·古根海姆的本世纪艺术画廊举办。展览展出了众多超现实主义者的作品，包括多罗西娅·坦宁、莉奥诺拉·卡灵顿、莱昂诺尔·菲尼、瓦伦丁·雨果、梅雷特·奥本海姆、凯·塞奇和雅克利娜·兰巴·布勒东和路易丝·内维尔森等人。

四十年代中期

· 加拿大魁北克省蒙特利尔："自动化"团体成立。

1945 年

· 匈牙利的布达佩斯："欧洲学派"成立。

· 瑞典的马尔默："想象主义"派成立。

1947 年

· 巴黎："国际超现实主义博览会"在巴黎玛格画廊举办。

1948 年

· 西班牙的巴塞罗那："七面体"派成立。

1959 年

· 巴黎："国际超现实主义博览会"在丹尼尔·科迪耶画廊举办。

1966 年

· 巴黎：安德烈·布勒东的离世标志着超现实主义运动的结束。

选读

Ades, Dawn (ed.), *Dada and Surrealism Reviewed* (Hayward Gallery, London, 1978)

Ades, Dawn et al., *The Surrealism Reader:An Anthology of Ideas* (Tate Publishing,London, 2005)

Ades, Dawn et al., *Surrealism in Latin America* (Tate Publishing, London, 2013)

Alison, Jane (ed.), *The Surreal House* (Yale University Press/Barbican Art Centre, New Haven, CT/London, 2010)

Bardaouil, Sam, *Surrealism in Egypt:Modernism and the Art and Liberty Group* (I. B. Tauris, London, 2016)

Breton, André, *Manifestoes of Surrealism,translated by Richard Seaver and Helen R.Lane* (University of Michigan Press, Ann Arbor, MI, 1969)

Caws, Mary Ann, *Surrealism* (Phaidon,London, 2010)

Chadwick, Whitney, *The Militant Muse: Love,War and the Women of Surrealism* (Thames & Hudson, London, 2017)

'From Dada to Infra-noir: Dada, Surrealism,and Romania', *Dada/Surrealism*, Number 20 (2015; International Dada Archive,University of Iowa Libraries, Iowa, IA),online journal: http://ir.uiowa.edu/dadasur/vol20/iss1

Kieselbach, Tamás (ed.), *Modern Hungarian Painting 1919–1964* (Kieselbach Tamás,Budapest, 2004)

King, Elliott H., *Dalí, Surrealism and Cinema* (Kamera Books, Harpenden, 2007)

Krauss, Rosalind and Jane Livingstone,*L'Amour fou: Surrealism and Photography* (Abbeville Press, New York,NY, 1987)

Millroth, Thomas, CO Hultén, *The Years of Anticipation 1944–1955* (Galerie Bel´Art, Stockholm, 2008)

Morris, Desmond, *Sixty-Nine Surrealists* (Dark Windows Press, Rhos on Sea, 2017)

Morris, Desmond, *The Lives of the Surrealists* (Thames & Hudson, London, 2018)

Rosemont, Penelope (ed.), *Surrealist Women: An International Anthology* (University of Texas Press, Austin, TX, 1998)

艺术家索引

注：主条目页码为黑体标注；插图页码为斜体标注。

图片版权及引文来源

一

献给贾斯汀（Justin），查理（Charlie）和凯茜（Cathy）

一

Quotations: **page 9** André Breton, 'Manifesto of Surrealism (1924)' in Manifestoes of Surrealism, trans. Richard Seaver and Helen R. Lane (Ann Arbor, MI, 1969); **page 33** Surrealist Group in England, International Surrealist Bulletin/Bulletin International du Surréalisme, no. 4, September 1936; **page 73** Salvador Dalí, in Times-Dispatch, 24 November 1940; **page 107** Eileen Agar, A Look at My Life (London, 1988), p.232; **page 166–7** (Jacqueline Lamba) From an interview with Arturo Schwarz in 1974, trans. Franklin Rosemont, excerpts in Surrealist Women: An International Anthology, ed. Penelope Rosemont (Austin, TX, 1998), p.77; (Luis Buñuel) Luis Buñuel, Luis Buñuel: My Last Breath, trans. Abigail Israel (London, 1984), p.123; (Conroy Maddox) Desmond Morris, Lives of the Surrealists (London, 2018), p.155; (Desmond Morris) Desmond Morris, Lives of the Surrealists (London, 2018), p.16; (Eileen Agar) Diana Hinds, 'Womb magic from an artist who teases', Independent, 28 September 1988

超现实主义

〔美〕埃米·登普西 著

郭澍 译

图书在版编目（CIP）数据

超现实主义 / （美）埃米·登普西著；郭澍译 . -- 北京：北京联合出版公司，2020.4
（口袋美术馆系列）
ISBN 978-7-5596-3624-9

Ⅰ . ①超… Ⅱ . ①埃… ②郭… Ⅲ . ①超现实主义－文学研究 Ⅳ . ① I109.9

中国版本图书馆 CIP 数据核字 (2020) 第 035024 号

ART ESSENTIALS
SURREALISM

BY AMY DEMPSEY

Published by arrangement with Thames & Hudson Ltd, London
Surrealism © 2019 Thames & Hudson Ltd, London

Text © 2019 Amy Dempsey
Design by April
Edited by Caroline Brooke-Johnson
Picture Research by Nikos Kotsopoulos
This edition first published in China in 2020 United Sky (Beijing) New Media Co., Ltd, Beijing
Chinese edition © 2020 United Sky (Beijing) New Media Co., Ltd

北京市版权局著作权合同登记号 图字:01-2019-6912 号

选题策划　联合天际
责任编辑　崔保华
策划编辑　徐立子
特约编辑　谭秀丽
装帧设计　程 阁

出　　版　北京联合出版公司
　　　　　北京市西城区德外大街 83 号楼 9 层　100088
发　　行　北京联合天畅文化传播有限公司
印　　刷　北京利丰雅高长城印刷有限公司
经　　销　新华书店
字　　数　94 千字
开　　本　880 毫米 ×1230 毫米 1/32　6 印张
版　　次　2020 年 4 月第 1 版　2020 年 4 月第 1 次印刷
I S B N　978-7-5596-3624-9
定　　价　59.80 元

关注未读好书

未读 CLUB
会员服务平台